전생부터
다시

홍성은 장편소설
FUSION FANTASTIC STORY

Re Pre Life

전생부터 다시 4

홍성은 장편소설

초판 1쇄 찍은 날 § 2017년 5월 23일
초판 1쇄 펴낸 날 § 2017년 5월 30일

지은이 § 홍성은
펴낸이 § 서경석

편집책임 § 이지연

펴낸곳 § 도서출판 청어람
등록번호 § 제387-1999-000006호
등록일자 § 1999. 5. 31
어람번호 § 제1-2701호

주소 § 경기도 부천시 부일로 483번길 40 서경B/D 3F (우) 14640
전화 § 032-656-4452 팩스 § 032-656-4453
http://www.chungeoram.com
E-mail § chungeorambook@daum.net

ⓒ 홍성은, 2017

ISBN 979-11-04-91340-2 04810
ISBN 979-11-04-91240-5 (세트)

4

전생부터 다시

홍성은 장편소설

FUSION FANTASTIC STORY

Re Pre Life

도서출판

전생부터 다시

Re Pre Life

목차

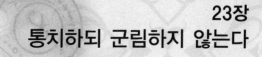

23장
통치하되 군림하지 않는다

"자작령은 네 거야, 로렌."

라푼젤은 딱 예상한 대로의 대답을 했다.

"이름은 빌려줄게. 아직은 귀족의 이름이 필요한 세상이니까."

그런 라푼젤의 말에 로렌이 할 대답은 실로 간단명료했다.

"알았어."

이리저리 재고 눈치를 보고, 로렌과 라푼젤의 사이는 이미 이럴 사이가 아니었다. 이로써 구클레멘스 자작령은 로렌의 것이 되었다.

남작도 이렇게 될 걸 알고 있었으리라. 그러니 로렌에게 먼저 말을 건넨 것이고. 겉으로 보기에는 로렌을 메신저로 이용한 것처럼 보이지만, 실제로 일을 움직이는 주체가 로렌임을 이제는 남작도 눈치챌 때가 되었다.

그리고 이런 걸 받는 대신 로렌이 내놓아야 할 건 명백했다.

라푼젤의 꿈을 이루는 것.

'모든 인류의 해방과 번영이라.'

휴대폰이라는 기구로 모든 사람이 텔레파시를 사용하는 것이나 다름없는, 이쪽 세계 기준으로는 가히 초월적인 문명을 쌓아올렸던 지구인들조차 달성하지 못하고 멸망해 버린 이뤄질 수 없는 꿈이었다.

아니, 어떤 의미에서는 이뤄진 꿈이라고 할 수는 있겠다. 로렌, 김진우가 지구에 마지막 남은 인류였으니까. 딱 한 명 남았던 그가 어디 구속되어 있지는 않았으니, 모든 인류가 해방되었다 할 수는 있으리라.

'아, 번영하지는 못했군.'

어쨌든.

이룰 수 없는 꿈이라 말했지만, 지구인들은 그에 근접하기는 했다. 실제야 어떻든 명목상으로는 노예가 없고 모든 인류에게 투표권이 주어지기는 했으니까. 그렇다면 적어도 거기에 근접시키는 건 가능하지 않을까.

지구의 역사에 대한 지식을 갖고 있는 로렌은 아무것도 모르는 것보다야 쉽게 그 꿈에 다가갈 수 있을지도 모른다.

'뭐, 느긋하게 가보자고.'

아직 로렌은 12살이다. 곧 13살이 될 터였다. 한 살 더 먹는다고 달라질 건 없다. 앞으로의 행보를 서두를 나이는 아니다.

할 수 있는 것부터 하나씩 해나가면 된다.

"일단 자작령에서도 로어 엘프를 해방시켜야겠군."

가장 처음 해야 할 일은 이거였다.

*　　　　　*　　　　　*

실제로야 어떻든 명목상으로 자작령의 주인은 라푼젤 발레리에 넬라였고, 그러므로 공무는 그녀가 보아야 했다.

로렌은 명목상 제1비서관으로 취임했고, 관리는 클레멘스 자작의 관리였던 자들을 그대로 고용했다.

클레멘스 자작은 속물적이고 탐욕스러운 인물이었지만 무능하지는 않았고, 그래서 휘하의 관리들도 그럭저럭 유능한 편이었다.

자작 그 자신이 욕심이 많기에 관리의 부패와 부정에는 민감했고, 그래서 청렴도도 괜찮은 수준을 유지하고 있었다. 그러나 관리들의 청렴도가 높은 건 감시가 심해져서지 그들이 청렴한 인격의 소유자여서가 아니었다.

이제 클레멘스 자작이 죽었으니, 관리들은 아직 어려 세상 물정을 모르는 데다 외부인이라 내부 사정도 잘 모르는 라핀젤 자작을 속여 한탕 크게 해먹을 꿈에 젖어 있었다.

제1비서관인 로렌이 재정 관련 장부를 모조리 요구하기 전까지는 말이다.

'그냥 시위하는 거겠지. 저런 어린애가 뭘 알겠어?'

희미한 희망을 품은 채, 관리들은 장부들을 넘겼다.

일주일 뒤, 관리들은 자신들의 부정이 기록된 증거물 앞에서 변명을 늘어놓아야 했다.

클레멘스 자작이 죽은 지 한 달도 되지 않았는데, 그들은 참지 못하고 후임인 제임스 자작을 속여 한탕씩 해먹은 뒤였다.

곡식이나 금화 등의 실물을 먹어치운 건 아니었다. 그레고리 남작이 자신의 하이어드 신하였던 세 거두에게 당한 것과 비슷한 수법으로, 채굴권이나 수조권 등 이권들의 명의를 자신들 앞으로 살짝살짝 옮겨놓는 식이었다.

문제는 그 명의를 옮겨놓은 날짜가 클레멘스 자작의 사망일 이후부터 일주일 이내에 몰려 있었다는 점이었다.

'초등학생이라도 알아채겠다. 너무 심하잖아?'

하지만 실제로 제임스 자작은 알아채지 못했으니, 로렌만 부임하지 않았더라면 그들의 부정 축재는 성공적으로 마무리되었으리라.

'어째 이상하더라. 최후의 전투에서 용병 쇠뇌병 2천이 전부라니.'

자작령의 경제 규모는 남작령에 비해 결코 작지 않다. 아니, 더 크다. 그런데도 동원할 수 있는 용병이 겨우 쇠뇌병 2천이라니, 사실 말이 되지 않는 이야기였다.

하지만 이들의 존재가 속사정을 짐작케 한다. 돈이 없다고 둘러대고 체면치레 수준의 용병만 고용해 새 주인을 전장에다 들이밀었다. 이것이 자작군의 실태였으리라.

클레멘스 자작이 살아 있었다면 이런 일은 일어나지 않았을 테고, 남작군은 자작군을 상대로 꽤나 고전했을 것이다. 아니, 애초에 공세 전환조차 불가능했을지도 모른다.

내부의 부패가 이렇게도 무섭다.

로렌은 날카로운 시선을 관리들에게 던졌다.

"들으시오. 당신들은 클레멘스 자작의 아래에서 그 실력을 유감없이 보여주었소. 영지는 성공적으로 운영되었고, 영주의 곳간은 차곡차곡 채워졌지. 당신들이 유능하다는 점에 있어서는 이견이 없을 것이라 믿소."

비록 그 세입이 영지민들을 위해 사용되지는 않았지만 어쨌든 장부상으로든 실제로든 영지 운영은 큰 성과를 거두어 썩 괜찮은 성장률을 보여주고 있었다.

그런 로렌의 말에 관리들은 희망적으로 로렌의 얼굴을 올려다보았다. 그들의 키는 작은 편이 아니었으나 무릎을 꿇고 있었기 때문에 올려다볼 수밖에 없었다. 그들이 진 죄는 죽을죄였기 때문에 로렌이 무릎 꿇리지 않아도 자진해서 꿇어야 했다.

"참으로 아까운 인재들이야……"

로렌은 혀를 차며 중얼거렸다.

"하지만."

그의 시선이 번뜩이자 관리들은 자라처럼 목을 움츠렸다.

"인육의 맛을 본 야수는 살려둘 수 없는 법! 부정을 저지른 관리가 이와 같으니 살려둘 수가 없도다!!"

로렌의 칼집에서 스르렁, 하는 소릴 내며 탈란델의 각인검이 뽑혀져 나왔다.

"히이이익!"

관리들은 놀라 비명을 질러대었다.

하지만 이때까지만 해도 관리들은 이 어린 소년이 그저 자신들 앞에서 위협만 주려는 거라고 생각하고 있었다.

그리고 끝까지 그렇게 생각했다.

"쫏."

로렌은 혀를 찼다.

관리들의 목은 이미 그 몸에 붙어 있지 않았다. 부지불식간에 로렌이 베어버렸으므로.

레윈에게서 배운 루슬라식 엘프 검술과 탈란델이 가르쳐준 각인의 힘이 그런 곡예를 가능하게 만들었다.

"하암."

로렌은 참고 있던 하품을 했다. 일주일 동안 잠도 자지 않고 장부를 들여다보느라 그 두 눈은 충혈되어 있었다.

이토록 대담하게 부정을 벌이는 자들이다. 그냥 놔두었더라면 도당을 결성해 라푼젤에게 반란을 일으켰을 수도 있었다.

그렇기에 로렌의 행보는 질풍 같아야 했다. 저들에게서 생각할 시간을 빼앗고, 단숨에 처리할 필요가 있었다.

로렌의 제1비서관이라는 직함과 12세의 소년이라는 점은 유용하게 활용되었다.

먼저 로렌의 외견은 '저런 어린애가 뭘 알겠나?', '부정이 발각되지 않을 수도 있다' 라는 그런 희망을 품게 만들었다.

그리고 제1비서관이라는 직함은 '부정이 발각되었더라도 아직 라푼젤 자작의 귀에는 들어가지 않았으니 저 소년을 구워삶을 수도 있겠다'고 생각하도록 했다.

이런 생각들이 그들로 하여금 대담한 행보를 한발 미루게

만들었다. 그렇기에 오늘의 기습적인 숙청이 성공리에 마무리
된 것이다.

만약 일이 잘못되었더라면 목이 달아난 건 로렌 쪽이었을지
도 모른다. 은근슬쩍 사병까지 거느린 자들이었으니. 아니면
내전 따위로 영지를 축나게 만들었을 수도 있었다.

자작령의 실질적인 지배자로서 그런 걸 용납할 수는 없었
다.

"후……."

한고비 넘겼다는 생각에 로렌은 길게 한숨을 내뿜었다.

"라푼젤이 오기 전에 처리할 수 있어서 다행이로군."

라푼젤 발레리에 넬라는 아직 이동 중이다. 로렌이 선발대
로 먼저 왔다. 벌써 몇 개월이나 남작 저택의 별채에서 머물렀
으니 옮겨야 할 짐이 적지 않았다.

그래서 라푼젤은 오늘 로렌이 행한 숙청에 대해 모른다. 그
녀의 허락을 받고 한 짓도 아니다. 나중에 그녀가 찾아오면
이 일에 대해 알게 되겠지만 그땐 그때다.

로렌의 입장에서 그저 그 어린 소녀에게 사람 목이 바닥에
나뒹구는 광경을 직접 보여주는 건 심리적인 부담감이 느껴졌
기 때문에 다행으로 여기는 것뿐이다.

'게다가 당당한 짓도 아니니.'

원래대로라면 다들 재판에 회부시켜 법으로 징벌하는 것이

맞다. 하지만 그 상대가 사병까지 거느리고 주군의 이권을 침탈한 자들이었기에 어쩔 수 없이 숙청이라는 방법을 사용할 수밖에 없었다. 선택지가 없었다 한들, 당당한 선택이라 하긴 힘들다.

로렌은 각인검에 묻은 피를 닦아내고, 사람을 불러 시체를 치우도록 시켰다. 이로써 청소부들과 하인들에게 오늘의 숙청에 대한 소문이 퍼지겠지만 그거야말로 로렌이 노린 바였다.

부정을 저지르지 않은 자들은 생각보다 많았다. 숙청당한 자들이 없어도 영지 경영에 큰 차질이 빚어지지는 않을 것이다.

그들이 그냥 단순히 분위기 파악을 위해 부정 축재를 뒤로 미룬 건지, 아니면 정말로 청렴한 자들인지는 알 수 없었다. 하지만 조심성이 있는 자라면 오늘의 숙청에서 교훈을 얻을 테니 진짜 청렴한지 아닌지는 그리 중요하지 않았다.

숙청은 여기까지다. 이제 남은 관리들을 움직여 영지를 경영할 때가 되었다.

"그 전에 일단 좀 자야겠군."

로렌은 늘어지게 기지개를 펴고는 간이 침대에 몸을 뉘였다.

*　　　*　　　*

클레멘스 자작과 비브라함 준남작의 연합군이 겪은 패배는 주변의 영주들에게 적지 않은 파장을 몰고 왔다. 비브라함 준남작은 몰라도, 클레멘스 자작이 승리한다는 쪽에 건 많은 영주들은 큰 손해를 봤다.

영주들은 나중에 떨어질 떡고물을 주워 먹기 위해 군대를 준비하고 있었다. 클레멘스 자작이 그레고리 남작령을 적당히 털어두고 항복을 받아 휴전을 하면, 그 뒤에 바로 쳐들어갈 상세한 계획까지 세워놓은 상태였다.

그런데 영주들의 예상과 달리 그레고리 남작이 승리해 버렸다.

사실 그것도 나쁘지 않았다. 그레고리 남작이 클레멘스 자작을 쉽게 이길 수 있을 리 없으며, 전력 소모를 상당히 할 것이라고 누구나가 예상했으니. 그렇게 양패 구상이 뜬다면, 다소 리스크는 올라가더라도 남작에게 또다시 싸움을 거는 것도 나쁜 선택이 아니었다.

하지만 그런 영주들의 예상은 또 틀렸다.

클레멘스 자작의 기사들은 사소한 전술적 실패로 인해 말 그대로 절벽에서 떨어져 버렸다. 그 덕에 그레고리 남작은 거의 피해 없이 온전한 상태로 비브라함 준남작과의 전쟁에서 승리해 버렸고, 이어진 자작령 침공전에서도 큰 소모 없이 자작령 점령이라는 큰 소득을 봤다.

그래도 아직 여지는 남아 있었다. 그레고리 남작이 크게 이겼다면 클레멘스 자작이 큰 피해를 봤을 테니까. 그럼 뭔가 핑계를 찾아서 자작령으로 쳐들어가면 된다.

보통 영주들은 이렇게 세 개의 시나리오를 미리 구상하고 거기에 맞춰서 전쟁 준비를 했다. 전쟁을 하지 않는다는 선택지는 처음부터 존재하지가 않았다.

당연한 이야기지만 전쟁 준비는 공짜로 할 수 있는 게 아니다. 용병과 보급품을 사들여 모아두는 데는 적지 않은 돈이 든다. 그러니 말 그대로 국력을 기울여 전쟁 준비를 했다. 전쟁을 하는 이상 이겨야 하니 다소 무리를 할 수밖에 없었다.

이런 상황이었는데, 여기에서 영주들이 예상치 못한 마지막 변수가 하나 떠오르고 말았다.

그레고리 남작이 점령한 클레멘스 자작령을 자신의 영지에 모셔두고 있던 라핀젤 발레리에 넬라 대공 영애에게 이양해 버린 것이다.

누가 이런 상황을 예측할까. 남작을 곁에서 봐온 로렌조차 예측 못 한 변수다.

전쟁에 이겼는데 전리품을 다른 사람에게 다 떠넘기는 짓이나 마찬가지였다. 그 전쟁을 공짜로 벌인 것도 아닌데, 떡고물이라도 챙겨야 되는 게 인지상정이다.

그럼에도 불구하고 남작은 그러지 않았다. 이 변수만큼은 정말로 그 누구도 예측 못 했다.

이 변수가 가리키는 바는 명백했고, 치명적이었다.

자작령의 새 주인이 라핀젤 발레리에 넬라가 된 이상, 자작령에 싸움을 건다는 건 곧 발레리에 대공을 상대로 싸움을 건다는 것과 같았다. 그리고 대부분의 영주는 남작령으로의 진공을 위해 구클레멘스 자작령을 통과할 필요가 있었다.

즉, 한 줄로 요약을 하면 이렇다.

전쟁을 못 한다.

창고에 쌓아둔 보급품은 썩는다. 곡식은 말할 것도 없고 가공해 둔 보존식이라 하더라도 6개월을 넘기지 못한다. 쇠로 된 병장기는 녹이 슬고, 나무로 된 병장기는 못 쓰게 된다.

보급을 위해 준비해 둔 짐마차와 말, 소는? 징발한 게 아니라 사들인 것들이다. 영지 내의 하이어드에게 침략 전쟁을 하겠다고 징발을 할 수 있을 정도로 강력한 영주는 그리 없었다.

용병은 대기만 시켜둬도 주급을 계속해서 지불해야 한다. 더군다나 다른 영주에게 빼앗길까 봐 다른 때보다 높은 주급을 부르고 불러 모은 용병들이다. 평시보다 웃돈이 나간다.

이 모든 소모값이 전부 그냥 못 쓰게 되어버린 것이다.

그냥 통째로 날아갔다. 손해만 봤다.

이것보다 억울한 일이 없었다.

"안 돼, 안 돼, 안 돼. 어떻게든 써야겠어."

그런 결론을 내린 영주도 없지는 않았다. 존 준자작이 대표적인 예였다.

자작령으로의 침략은 자살행위다. 남작령에 싸움을 거는 것도 현실적으로 힘들다. 그러니 그들의 선택지는 몇 개 남지 않았다.

바로 다른 영지에의 선전포고였다.

*   *   *

"상황이 재미있게 돌아가는군."

로렌은 집무실에 앉아 서류들을 검토하고 있었다. 그 서류들이 보고하는 내용을 딱 한 줄로 줄이자면 다음과 같다.

그레고리 남작의 승리가 이 변경 지역에 전국 시대를 열어 버렸다.

존 준자작의 리처드 남작령 침략을 시작으로, 다른 영주들도 기다렸다는 듯이 리처드 남작령에 선전포고를 했다. 하지만 기사로서 수업을 쌓은 리처드 남작이 개전 첫날 존 준자작의 머리를 직접 깨버리면서 상황이 이상해졌다.

존 준자작이 죽으면서 준자작령에도 선전포고가 들어가기

시작하자, 존 준자작의 후임인 헨리 준자작이 에드워드 백작에게 보호를 요청했다. 에드워드 백작은 조카인 헨리 준자작의 보호 요청을 받아들였다.

리처드 남작은 방어에 치중하다가 영주 연합군의 기사들을 하나둘씩 정리하면서 공세를 전개하기 시작했고, 항복을 한 어떤 영주의 머리를 깨버리면서 다른 영주들도 결사 항전을 선포하게 되었다.

에드워드 백작은 준자작령에 군대를 보내 침략한 세력을 쳐부수기 시작했다. 방어군이 침략군으로 전환된 건 이쪽도 마찬가지였다.

눈치를 보고 있던 중립 영주들이 리처드 남작이나 에드워드 백작의 세력에 합류하면서 상황은 더욱 복잡해졌다. 쉽게 정리될 상황이 아니게 된 것이다.

그야말로 전국 시대에 돌입했다는 문장에 걸맞을 혼돈 양상이었다.

변경 지역에서도 구석에 위치한 그레고리 남작령과 라핀젤 자작령, 그리고 발레리에 대공령만이 전화를 피한 상태였다. 애초에 이런 상황이 빚어진 원인이 남작령과 자작령의 전쟁이었음을 상기해 보면 이 또한 아이러니였다.

"이럴 때는 열심히 내정해서 국력을 키우는 게 답이지."

김진우일 때 해본 국가 경영 시뮬레이션 게임을 떠올릴 것

도 없었다. 로렌 하트 또한 대마법사로 조직을 운영해 본 경험
이 있다. 지금은 어설프게 이 혼돈의 폭풍에 뛰어드는 것보다
는 힘을 키우는 게 현명한 선택이었다.

*　　　　*　　　　*

국력을 키운다고 해도 딱히 로렌이 손댈 것이 있는 건 아니
었다.

전대 클레멘스 자작이 완성시킨 시스템은 잘 돌아가고 있
었고, 그저 방치하는 것만으로도 금고에 돈이 차곡차곡 쌓이
는 상태였다. 물론 지나치게 방치해 버리면 관리들이 부패해
서 부정을 저지르겠지만, 숙청을 감행한 지도 얼마 되지 않은
상태다. 그리 쉽게 썩지는 않으리라.

'두 번 숙청을 하면 스탈린 같은 상황이 되어버릴 수도 있으
니 죽일 생각 말고 앞으로는 관리를 잘해야지.'

구소비에트 연방의 독재자 스탈린은 권력을 잡은 후 지나치
게 많은 숙청을 벌인 탓에 나치 독일과의 전쟁에서 활약할 장
군이 없어 연패를 거듭한 적이 있었다. 로렌도 같은 상황에 빠
지지 말라는 법이 없다.

그거야 뭐 어쨌든, 그것도 나중에나 걱정할 일이다.

"지금은 내 본신의 힘을 키우는 게 나을 것 같군."

로렌이 아무것도 안 한 건 또 아니었다. 금고에 쌓인 돈을 어느 정도 풀어 대학을 설립하고, 기사와 휘하의 기병대에만 의존하느라 없는 것이나 마찬가지였던 징집병 제도도 손질했다. 대학을 짓고, 설립하고, 병영을 짓고, 사람을 모으고. 모두 시간이 필요한 일들이었다.

이러니 바쁘기 그지없을 터인 로렌에게 기이하게도 잠깐의 자유 시간이 생겨 버리고 말았다.

그래서 내려진 결론이 이거였다.

본신의 힘을 키우자.

처음에는 마법이나 수련할까 생각했지만, 마법은 벽에 부딪힌 상태였다. 하기야 이중 마법 서킷도 이상할 정도로 빨리 형성된 편이다. 벽에 부딪혔다고는 하지만, 사실 벽을 하나 깨둔 상태나 다름없었다.

이 이상을 나가려면 육체의 성장이 이루어져야 했다. 그래야 정신의 성장이 이어지고, 더 크고 복잡한 마법 서킷을 더 많이 다룰 수 있게 될 테니까.

'그럼 마법은 됐고. 다른 걸 하자.'

바투르크는 라핀젤에게 충성을 맹세한 기사였기에 그도 자작령으로 이사를 와 따로 장원을 받았다. 지금은 꽤나 바쁜 듯했다. 그냥 이사를 하는 것뿐만이 아니라 뭔가 준비해야 할게 많은 모양이었다. 그를 찾아가 수련을 받는 것도 뒤로 미루는 게 나을 것 같았다.

레윈에게서 배운 루슬라식 엘프 검술과 검법은 계속해서 수련 중이지만 드워프 검술이 공력을 쌓는 데 더 좋은 이상 과다한 시간을 투자할 생각은 없었다. 드워프 검술도 포함해서 일상적으로 수련하는 수준이었다.

각인기예는 탈란델이 써준 책 2권의 습득을 완료했지만, 지금 당장 탈란델을 찾아갈 마음은 없었다. 그는 지금 방주를 수리하느라 바쁘고, 그 방주는 로렌의 계획에 반드시 필요했다. 그를 찾아가 시간을 빼앗는 것보다는 기다리는 게 나았다.

스칼렛에게서는 배울 수 있는, 즉 암기가 가능한 사물들의 진짜 이름은 다 배웠다. 이제 남은 건 진짜 이름을 알아내는 기술을 익히는 것뿐이다. 제자들이야 쉽게 마음을 연 덕에 진짜 이름도 쉽게 알아낼 수 있었지만, 쉬이 습득할 수 있는 기술은 아니었다.

명률법이든 뭐든, 짧은 시간에 집중적으로 수련한다고 되는 게 아니라는 건 이미 깨달았다. 로렌은 인내심을 갖고 천천히 수련할 생각이었다.

"그럼… 뭐 하지?"

하는 건 많은데 또 뭐 따로 할 건 없었다. 여기서 뭘 더 하냐는 생각이 들긴 했지만 시간이 생겼으니 뭔가 다른 걸 해보고 싶은 마음이 스멀스멀 생겼다.

"아, 그러고 보니."

전쟁도 하고, 이사도 하고, 숙청도 하느라 완전히 까먹고 있었다.

브뤼델에서 사온 고치.

"이거나 열어볼까."

이대로 두면 그냥 비싼 골동품일 뿐이다. 진정한 가치를 끌어내기 위해서는 역시 고치를 열어야 한다.

그렇다고 고치를 그저 열어 생명체를 꺼내기만 해서는 아무런 소용이 없다. 그런 짓을 해봤자 얻을 수 있는 건 생명체의 시체뿐이다. 시체에도 나름 가치가 있지만, 살아 있는 것보다는 훨씬 가치가 떨어진다.

올바른 방법을 통해야 비로소 제대로 된 결과를 얻을 수 있다. 이 진리는 고치에도 통용되었다.

가장 먼저 해야 할 일은 동면에 가까운 방식으로 잠들어 있는 고치 안의 생명체에게 적절한 영양을 공급해 주는 것이었다. 이것도 주의해야 하는데, 지나치게 영양을 많이 공급하면 안에서 썩어버린다.

적당히 영양을 공급하고 나면 이제 안의 생명체를 천천히 각성시키는 작업에 돌입한다. 적당한 빛과 소리를 사용해 자극하는 방식을 쓴다. 이것도 지나치면 안의 생명체가 죽는다.

민감한 생명체다.

마지막으로 고치를 연다. 안의 생명체도 각성한 이상 고치에서 나오려고 하지만 혼자 힘으로는 고치를 열지 못한다. 그렇다고 갑작스럽게 고치를 열면 또 죽는다. 안의 생명체가 고치를 열 수 있도록 도와준다는 개념으로 작업을 진행해야 한다.

이 같은 절차를 걸맞게 진행해야 비로소 고치 안의 생명체를 산 채로 꺼낼 수 있다.

"아, 되게 귀찮네."

노트에 고치를 여는 방법을 다시 한 번 정리하고 나서, 로렌은 머리를 벅벅 긁었다.

"그래도 이럴 때 해둬야지."

따로 급한 일이 없을 때 바로바로 해둬야 후회를 안 한다. 딱히 지금 당장 바투르크나 탈란델을 보러 가야만 하는 이유가 있는 것도 아니니, 로렌은 고치를 먼저 열기로 했다.

*   *   *

일련의 작업을 모두 마치자 일주일이 훅 지나가 있었다.

"하도 오랜만에 고치를 여는 거라 생각 외로 시간을 많이 먹었군."

로렌은 투덜거렸다. 하지만 이것도 오늘로 끝이었다.

안쪽의 생명체는 이미 살아 움직이기 시작했으며, 고치 안쪽에서부터 나오려고 필사적으로 몸부림치고 있었다. 이대로 내버려 두면 고치에서 나오지 못하고 탈진해서 죽어버릴지도 모른다.

그러므로 로렌은 도자기처럼 단단한 고치의 외부도 부드럽게 가를 수 있도록 특별히 만든 메스로 고치를 조금씩 가르기 시작했다. 안쪽의 생명체가 다치지 않도록 주의하면서 작업했다.

드디어 고치가 갈라지고, 안의 생명체가 나왔다.

작은 인간형의 생명체였다. 키는 30cm 정도일까. 그러나 곤충의 것과도 같은 날개가 등에 달려 있었다. 날개는 나비의 것과 비슷하지만 투명했고, 도저히 저 키를 공중에 띄워 올릴 정도로 강인해 보이지는 않았다.

옷을 입고 있다. 옷처럼 보이는 신체 기관뿐일지도 모르지만, 어쨌든 반투명한 하늘색으로 너풀거리는 드레스다. 그 옷의 모양 때문에 생명체는 여성처럼 보였다. 물론 옷 안을 들춰보기 전에는 모를 일이다. 반투명하기는 하지만 안의 몸까지 들여다보이지는 않았다.

눈은 두 개에 코는 하나, 입도 하나, 귀는 두 개다. 이것도 인간과 닮았다. 인간의 미의식으로 볼 때 얼굴이 아름다워 보이기는 했지만 인간과는 확연히 다른 모양새였다. 눈이 너무 크다. 입은 너무 작고.

"켈룩, 켈룩!"

생명체는 기침을 먼저 했다. 로렌이 주입한 영양액으로 온몸은 젖어 있었다. 아카시아 꿀을 연상케 만드는 달콤한 빛깔의 머리칼과 몸을 감싼 드레스처럼 보이는 것은 물론 날개도.

몇 차례 기침을 하며 날개를 파르르 떨던 생명체는 정신을 차리고는 불안한 듯 주변을 둘러보기 시작했다.

"여, 여긴……? 어디지? 난 살아, 있는 건가?"

생명체가 사용한 언어는 지금 시대에 사용되는 언어가 아니었다. 그야 그렇다. 이 생명체는 고대의 존재니까. 고치에서 나온 생명체는 대부분 고대의 존재였다.

하지만 다행히도 생명체가 사용한 언어는 로렌이 아는 언어였다.

"말을 할 줄 아는군?"

로렌이 다소 놀라면서 고대 엘프어로 말을 걸었다. 고치에서 나온 생명체와 대화를 하는 건 로렌도 이번이 처음이었다.

"다, 당신은?"

로렌의 말로 로렌의 존재를 인지한 듯, 생명체는 로렌에게 시선을 던졌다. 그제야 로렌은 그녀의 눈동자를 볼 수 있게 되었다. 그 눈동자는 별빛이었다. 반짝이고 있었다.

"나는 로렌이라고 하지, 마법사야."

"마법사… 엘프처럼은 안 보이는데."

마법사나 엘프에 대한 지식은 갖고 있는 모양이었다. 로렌은 고개를 끄덕이며 대꾸해 주었다.

"인간이야."

"인, 간?"

생명체의 눈이 휘둥그레 떠졌다. 인간이 마법을 사용할 수 있다는 것에 놀란 모양이었다.

"뭐가 어떻게 된 거지… 맞아! 나는 마경의 숲에 놀러 갔었는데 아라크네를 만나서……."

"그 아라크네에게 사로잡혔던 모양이로군."

로렌은 한숨을 내쉬었다.

"당신은 미라 상태가 된 채 방치되었어. 잘은 모르지만 아마도 수백 년 이상은 방치되었을 거야. 그런 당신을 내가 고치에서 꺼내준 거지."

"아, 그건 감사합니다… 아니, 수백 년?!"

"어쩌면 수천 년일지도 모르지. 확실한 건 300년은 족히 넘었다는 것 정도야."

"그, 그럴 수가!!"

생명체의 눈에 경악의 빛이 떠올랐다.

"나는 이미 자기소개를 했어. 슬슬 자기소개를 해주지 않겠어?"

이 생명체가 패닉에 빠져 난동을 부리면 로렌도 곤란하다. 다른 생각할 거리를 줘서 조금이라도 안정을 시킬 필요가 있었다.

"아, 그렇지… 맞아, 먼저 구해줘서 감사합니다. 저는 보시다시피 페이입니다."

보시다시피? 자기소개가 조금 괴이했다.

"이름이 페이?"

"아뇨, 저희 페이 일족에게는 다른 종족들이 말하는 이름이라는 개념은 존재하지 않습니다. 개인을 지칭하는 이름을 가질 수 있는 건 오직 여왕뿐입니다."

페이는 인간이나 엘프, 드워프나 오크 같은 이들 종족의 이름인 것 같았다. 로렌은 처음 보는 '살아 있는' 페이였다.

지난 생에도 이 페이가 들어 있던 고치를 손에 넣기는 했지만 고치를 별다른 처치 없이 그냥 열기만 해서 미라 상태였던 데다 가르는 과정에서 손상이 많이 가해져서 연구에도 차질이 많이 빚어졌었다.

즉, 이들이 '페이'라고 자신들을 지칭하는 것조차 로렌은 지금 처음 알게 되었다.

"즉, 네 이름은 없다는 건가?"

"네."

"그렇군."

로렌은 고개를 끄덕였다. 하기야 이 세계의 인간도 마찬가지다. 가주만이 이름을 갖고, 성인이 되기 전까지는 가주의 아들, 가주의 딸인 식으로 불린다. 지구의 인간은 태어나자마자 부모가 따로 이름을 지어주지만 그것은 지구의 이야기다.

"그럼 내가 네 이름을 지어줘도 될까?"

"정말요?"

로렌의 별생각 없는 제안에 페이는 얼굴에 화색을 띠었다. 하지만 곧 시무룩한 표정으로 고개를 숙였다.

"하지만 전 여왕이 아닌걸요."

"그렇긴 하지. 그래도 널 페이라 부르는 것보다는 내 일방적인 편의상 네게 적절한 호칭을 지어주는 편이 낫겠어. 대신 네 동족들에게는 비밀로 해줄게."

그 동족들은 다 죽고 이 페이만 살아 있을 가능성이 높았지만 로렌은 그 가능성에 대해 굳이 발설하지 않았다.

"그건… 그렇네요. 그렇다면……."

부끄러운 듯 온몸을 꼬긴 했지만 페이는 싫지 않은 듯 고개를 끄덕였다.

"네 이름은 이제부터 모건이야, 모건 르 페이. 모건이라고 부를게."

페이라는 종족명을 듣자마자 생각난 이름이었다. 사실 고대 엘프어의 발음이기에 지구의 언어로 발음되는 '페이'와는 발음이 조금 다르긴 하지만 그게 뭐 어떻단 말인가. 상관없었다.

자신의 이름이 생긴 게 좋은지 모건은 기쁨을 감추지 못하고 제자리에서 팔딱팔딱 뛰었다.

"네! 잘 부탁드려요, 인간님! 아, 아니지. 저도 이름으로 불러 드려도 될까요?"

"그렇게 해."

"잘 부탁드려요, 로렌 님!!"

모건은 활짝 웃으며 말했다.

＊   ＊   ＊

"그런데 로렌 님, 여기는 어느 드래곤 왕의 영토인가요?"

"드래곤 왕?"

"네!"

이 페이, 모건 르 페이가 어느 시대의 태생인지 익히 알 수 있는 질문이었다.

'과연.'

모든 땅은 당연히 드래곤의 소유. 그러니 여기도 어떤 드래곤 왕의 영토일 것이다.

모건은 이렇게 생각하기에 로렌에게 그런 질문을 던진 것이리라.

즉, 모건 르 페이는 드래곤 연대, 그것도 인류가 드래곤에게 저항하기 전인 고대 시대의 존재다. 그런 결론을 내릴 수 있었다.

"드래곤은 대부분 죽었어. 살아남은 건 극소수고. 이젠 드래곤은 왕이 아니야."

"네?!"

"천 년도 더 전의 일이야."

"네?!"

"즉, 모건, 넌 이 고치에 천 년 이상 갇혀 있었던 셈이 되는군."

"……."

이젠 '네?!' 라고 놀랄 기력도 남아 있지 않은 듯, 모건은 그 큰 눈을 껌벅껌벅거리며 입을 쩍 벌린 채 그대로 아무 말도 못 했다.

"그, 그럼 엘프들은요?!"

간신히 정신을 차리고 모건은 다시 질문해 왔다.

모건이 고대 엘프어를 사용한 것에서 알 수 있듯, 페이들은 엘프들과 모종의 관계를 맺었을 가능성이 높았다. 그 모종의 관계가 어떤 관계인지는 모르지만 지금은 그 관계성도 세월의 바람 앞에 완전히 풍화되었을 테니 별 상관은 없으리라.

"엘프들은 아직 살아 있지. 아마 네가 아는 엘프와는 좀 다르긴 하겠지만."

"아, 하긴 로렌 님께서 엘프어를 쓰시니 그렇겠군요."

"참고로 내가 지금 쓰고 있는 언어는 고대 엘프어야. 현대 엘프어와는 달라. 많이 다르지. 지금 고대 엘프어로 다른 엘프에게 말을 걸었다간 거의 대부분 대답 못 할걸."

로렌의 말을 들은 모건은 입을 뻐끔뻐끔거리다가 긴 한숨을 내쉬었다.

"…저, 지금 너무 혼란스러워요."

"그야 그렇겠지."

천 년의 세월이다. 그 간극이 쉽게 좁혀지진 않으리라.

"그럼 마법은……."

"내가 처음에 마법사라고 소개를 했지만… 그래, 천 년 전의 마법과 지금의 마법은 다를 수도 있겠군. 보여주지."

로렌은 마법으로 작은 빛을 하나 만들어서 보여주었다. 그러자 모건은 허억, 하고 숨을 크게 들이켰다.

"대, 굉장해요! 혹시 로렌 님께서는 대마법사신가요?"

"…엥?"

의외의 반응에 이번엔 로렌이 놀랄 차례였다.

"아닌데."

한 번 대마법사를 해보긴 했지만 지금은 아니다, 라고 설명할 마음은 없었기 때문에 로렌은 간단하게 대답했다.

"그, 그런데 어떻게 주문도 없이 마법을……."

"그야 간단한 마법이니까."

로렌이 방금 사용한 빛 마법은 마법 화살보다도 쉽고 아주 간단한 마법이다.

물론 견습 마법사가 가장 먼저 배우는 건 마법 화살 주문이고 빛 마법은 그 후에나 배우긴 한다. 하지만 그건 그만큼 마법사에게 있어 마법 화살이 중요한 주문이고, 견습 마법사가 동시에 다양한 주문을 배우는 건 어렵기 때문에 우선순위를 마법 화살 쪽에 높게 두고 먼저 가르치는 것에 불과하다.

"아무리 그래도… 페이의 도움도 없이 어떻게 그렇게 쉽게 마법을 사용하실 수 있죠?"

"엥? 페이의 도움?"

로렌은 처음 듣는 정보에 고개를 갸웃거렸다.

"보통 마법사는… 적어도 엘프 마법사는 페이 최소 한 명 이상과 유대 관계를 맺고 함께 마법을 사용해요. 물론 마법사 혼자서도 마법을 사용할 수 있긴 하지만 마법진을 그리고 마석들을 배치하는 데 시간을 많이 소모하게 되죠."

마법진, 마석. 그 단어들을 듣다 보니 로렌도 기억이 떠오르기 시작했다.

엘리시온 왕국의 마법사들이 마법의 발전을 이뤄내기 전에 마법을 어떻게 사용해야 했는지.

체내에 마력을 쌓는 법이 알려지지 않아서 마력이 깃든 마석이라는 물건을 따로 사용해야 했고, 마법 서킷을 형성시키는 법도 개발되지 않은 탓에 지팡이로 지면을 긁어 서킷 비슷한 문양을 그려내야 했다고 한다.

그렇게도 조악하기 이를 데 없는 고대의 마법에 비하자면 현대의 마법은 엘리시온 왕국 시절에 비해 다소 쇠퇴했다고는 하나 굉장히 세련된 방식이라고 할 수 있었다.

"로렌 님이 마법을 사용하실 때는 따로 유대를 맺은 페이가 없음에도 불구하고 그런 의식은 다 생략하셨죠. 제가 놀란 건 그런 이유였어요."

거기까지 말한 모건은 문득 뭔가를 떠올린 듯 로렌을 바라보다가 주저주저 다시 말문을 열었다.

"저, 로렌 님?"

"왜?"

"혹시 따로 유대를 맺고 계신 페이가 없으시다면 제가 로렌 님과 유대를 맺어도 될까요?"

로렌과 따로 유대를 맺은 페이가 있을 리 없다. 애초에 로렌이 처음으로 본 페이가 모건 르 페이였으니까. 하지만 로렌은 곧바로 고개를 끄덕이지는 않았다.

"페이와 유대를 맺으면 뭐가 좋은데?"

"마법사 대신 마법진을 그려 드릴 수 있고, 마석 배치도 대신해 드릴 수 있어요."

그건 로렌에게 그렇게 필요한 서비스는 아니었다. 로렌의 표정에서 그리 내키지 않는다는 걸 읽어내기라도 한 건지 모건 르 페이는 서둘러 말을 이었다.

"보세요!"

모건 르 페이는 양손을 쫙 펼쳤다. 그러자 놀랍게도 바닥에 있는 돌멩이가 움직이기 시작하더니 지면에 정교한 문양 하나를 그려내는 것이 아닌가!

"제 실력도 괜찮은 편이죠? 제 동년배 중에서는 그래도 실력이 좋은 축에 속했으니까요!"

"…그게 문제가 아니야."

로렌은 입이 바싹 타는 것을 느꼈다.

"네?"

"방금 뭘 어떻게 한 거야?"

"…마법진을 그렸는데요."

로렌의 반응에 당황한 듯, 모건 르 페이는 긴장한 목소리로 대답했다. 그러나 로렌의 추궁은 아직 끝나지 않았다.

"어떻게?"

"그야… 염동력으로요."

"염동력!"

로렌은 탄식하듯 외쳤다. 로렌의 그런 반응에 모건 르 페이는 굉장히 당황해했다. 괜찮다. 당황하고 있는 건 로렌도 마찬가지였으니까.

염동력이라니.

사실 김진우일 때, 마법사였던 전생에 대해 떠올릴 수 있게 된 건 성인이 된 후였다.

그 전에 김진우의 장래 희망은 마술사였다. 실제로 마법을 사용할 수 있게 된 후에는 마법으로 마술사를 하면서 돈과 명성을 쌓았다.

하지만 염동력은 궤가 다르다. 마술사를 꿈꾸게 된 계기가 염동력이었으니까.

'마술사가 되면 염동력도 마음대로 부릴 수 있겠지?' 라는 어린 생각이 그를 마술의 길로 인도했다. 그게 전부 트릭이었다는 걸 알게 된 후에도 마술에 대한 열정이 그리 쉽게 식지는 않았지만.

어쨌든 김진우라는 인격은 염동력이라는 힘을 줄곧 동경해 왔다.

'아니, 이건 내 취미 때문만은 아니야. 배워두면 쓸 만할지도 모르잖아? 이번 생에서는 뭐든 배워보기로 했고, 그래!'

그런 묘한 자기변호를 마친 후, 로렌은 떨리는 목소리로 모건 르 페이에게 말을 걸었다.

"저기, 모건 르 페이."

"네, 제가 모건이에요."

모건이라는 이름이 자랑스러운 듯, 모건 르 페이는 가슴을
쭉 펴며 물었다.

"그거 가르쳐 줄 수 있어?"

"뭘요?"

"염동력."

"에이, 마법에 비하자면 별것도 아닌 이런 잡기술을 어디다
쓰시려고……."

모건 르 페이는 손을 내저으며 말했다. 확실히 로렌 하트였
다면 그렇게 말했을 것이다. 마법이야말로 궁극의 능력. 염동
력 따위는 잡기술. 배울 필요는 없다.

"가르쳐 줄 수 있어?!"

그러나 김진우로서의 인생을 한 번 보내본 로렌은 달랐다.
거의 잡아먹을 듯 달려드는 로렌의 기세에 모건 르 페이는 놀
라 대답했다.

"네?! 아, 네!"

"좋아."

로렌은 고개를 끄덕였다. 손아귀가 땀으로 끈적끈적했다.
긴장했던 모양이었다.

"고마워. 그래!"

"저……."

로렌의 눈치를 보던 모건 르 페이가 조심스럽게 입을 열었다.

"응? 왜?"

"저하고 유대를 맺어주시는 것에 대해서는……."

"유대를 맺으면 뭐가 좋은데?"

"염동력을 사용할 수 있게 됩니다."

모건 르 페이는 다소 망설이며 제안했다. 그녀는 그럭저럭 눈치가 빠른 모양이다.

"좋아. 맺자."

"아, 네!"

로렌의 대답을 들은 모건 르 페이의 얼굴이 확 밝아졌다. 그녀에게 있어서도 마법사와 유대를 맺는 건 꽤 중요한 일인 모양이었다.

*　　　*　　　*

유대를 맺는 의식은 의외로 간단했다. 유대를 맺기 위한 마법진을 그리고, 양 끝에 로렌과 모건이 섰다. 그리고 로렌이 마력을 마법진에 흘려 넣자 그것으로 유대는 맺어졌다.

[들리시나요?]

로렌의 머릿속에 모건의 목소리가 들렸다. 아니, 이건 목소리가 아니었다. 그냥 메시지였다. 로렌이 이것을 모건의 것으로 인식하기에 모건의 목소리라고 생각했을 뿐이었다.

[이렇게 하면 되나?]

[네. 이로써 저와 로렌 님은 유대를 맺은 사이가 되었습니다.]

모건의 메시지에서 주체할 수 없는 기쁨이 전해져 왔다.

[이로써 저도 어른이에요! 성인이에요! 마법사와 유대를 맺은 번듯한 페이예요!]

아무래도 페이에게 있어서 마법사와 유대를 맺는 건 한 사람 몫을 할 수 있다는 증명과도 같은 모양이었다.

[흐음, 이 텔레파시는 사정거리가 얼마나 되지?]

로렌은 텔레파시라는 단어를 사용하고 모건이 이걸 알아들을까 잠깐 걱정했지만 그런 걸 걱정할 필요는 없었다. 이 메시지는 언어가 아닌 방식으로 의미를 전달하므로, 모건은 문제없이 로렌의 의도를 파악할 수 있었다.

[재본 적이 없어서 정확히는 모르지만 도시와 도시 간의 통신은 가능하다고 알고 있어요.]

대략 100㎞ 정도. 로렌은 모건의 의도를 정확히 알아들었다.

"생각보다 훨씬 괜찮은데."

로렌은 혼잣말을 했다.

이로써 로렌이 혼자 멀리 가 있어도, 페이만 남겨두면 정보 교환이 가능하다. 마치 휴대폰처럼. 아니, 휴대폰보다 좋다. 요금을 안 내니까.

'요금이 문제가 아니지.'

마치 김진우 같은 생각을 하고 만 로렌은 픽 웃었다. 마법 사로서의 전생을 각성하기 전까지는 꽤 삶이 힘들었던 탓이다.

[이제 저와 유대를 맺으셨으니 저를 마법의 기점으로 삼아 발현시키는 것도 가능합니다.]

그런 모건의 메시지에 로렌은 상념에서 깨어났다.

[이렇게 하면 되나?]

로렌은 빛 마법을 발현했다. 평소라면 손가락 끝에서 나야 할 빛이 지금은 모건의 손가락 끝에서 나오고 있었다.

[네! 이렇게 쉽게 간접 마법을 발동하시다니, 정말로 대마법 사가 아니세요?]

모건의 메시지에서 숨길 수 없는 감탄이 묻어나오고 있었다.

간접 마법이라. 로렌은 처음 듣는 단어였다. 하지만 의도를 전달받는 메시지의 특성상, 로렌은 단어의 의미를 즉각 이해할 수 있었다.

[효율은 75% 정도인가.]

통상적으로 마법을 구사할 때보다 마력이 조금 더 소모되었다. 로렌의 혼잣말에 모건이 급히 덧붙였다.

[저와의 유대를 더 깊게 강화하시면 효율은 점점 올라요. 저도 들은 이야기지만 페이와의 유대를 극한까지 다진 마법사는 마석 소모를 절반까지로 줄일 수 있다고 해요.]

[나는 마석을 쓰지 않지만… 그렇군, 알겠어.]

마법 효율이 오르면 지금 상태로도 더 강력한 마법을 사용할 수 있게 될 것이다. 지금은 육체 연령 때문에 성장이 정체 상태에 놓여 있는 마법의 수준을 더욱 올릴 수 있는 기회였다.

'염동력이 아니었어도 반드시 했어야 되는 계약이로군.'

다소 충동적으로 체결한 계약이지만 생각 외로 큰 걸 얻게 되었다.

[그러고 보니 염동력을 사용하려면 어떻게 하면 돼? 유대를 맺으면 염동력을 사용할 수 있게 된다면서?]

[아, 네! 그건 지금은… 저 돌을 움직여 보시겠어요?]

방금 전까지 모건이 염동력으로 움직이던 돌을 이번에는 로렌이 움직여 보았다. 그러자 돌이 로렌 마음대로 움직이는 게 아닌가.

[와, 되네? 그런데 어떻게 되는 거지?]

사용은 할 수 있는데 원리는 전혀 파악이 안 된다. 로렌이
당황해서 말하자 모건이 곧장 답을 주었다.

[원리는 로렌 님께서 저를 기점으로 마법을 사용하는 것과
같아요. 염동력에 필요한 정신 에너지를 제가 대신 소모하고
로렌 님은 생각만 하시면 되는 거죠. 대신 텔레파시와 달리 저
하고 너무 멀리 떨어져 있으면 안 돼요.]

[흠, 그렇군.]

로렌은 다소 실망하며 대꾸했다. 확실히 염동력을 사용은
할 수 있게 되었지만 로렌 본인의 능력이라고는 할 수 없었다.

하기야 공짜로 능력을 얻었다고 생각하면 이득이야 이득이
지만 지구에서 페이와 유대를 맺을 가능성은 거의 없다고 봐
도 무방하기에 김진우로 다시 태어나면 사용할 수 없게 되는
게 문제였다.

[필요하시다면 처음부터 가르쳐 드릴게요.]

로렌의 실망감을 민감하게 받아들인 모양인지 모건 르 페이
가 그렇게 제안해 왔다.

[아, 정말? 그럼 부탁할게.]

[하지만 오래 걸릴 거예요.]

[뭐, 그거야 각오해야지.]

오랜 꿈이 이뤄지는 거다. 이럴 때 각오를 안 하고 언제 할까.

로렌의 입가에 미소가 떠올랐다.

*   *   *

결론부터 말해서 모건 르 페이의 말은 틀렸다.

로렌은 일주일 만에 염동력을 습득했다.

[역시 대마법사님은 다르군요!]

모건 르 페이는 그렇게 말했지만 로렌의 생각은 달랐다.

"네가 잘 가르쳐 준 거지, 모건."

모건 르 페이가 좋은 스승인 덕도 있었다. 더군다나 말의 의미가 그대로 전달되는 텔레파시 덕에 염동력 습득이 쉬웠다. 마지막으로 모건 르 페이가 가르쳐 줄 수 있는 염동력의 수준이 그리 높지 않았다. 작은 돌을 지면에서 움직일 수 있는 정도가 한계였다.

그 정도의 염동력으로 정교한 마법진을 그려내는 모건 르 페이의 숙련도가 놀라울 정도였다. 고작 일주일 배운 로렌은 따라 하지 못할 재주였다. 하지만 숙련도의 문제고, 오래 수련하면 가능하리라는 예상은 섰다.

반대로 말하자면 모건 르 페이에게 더 배울 게 없었다. 더 좋은 스승을 찾거나 로렌 스스로가 염동력 기술을 발전시켜 새로운 영역으로 나서는 수밖에 없어 보였다.

그렇다고 모건 르 페이의 가치가 떨어지는 건 아니었다. 답보 상태에 이른 마법을 더욱 발전시킬 수단을 손에 넣었으니까.

염동력을 배우면서 모건 르 페이와의 유대는 더욱 깊어졌고, 마력 효율은 85% 수준으로 끌어올렸다. 일주일 만에 끌어올린 것치고는 괄목할 만한 성장이다.

더불어 모건 르 페이의 진짜 이름도 알아냈다. 이로써 그녀를 명률법으로 희미하게 만든 후 간접 마법을 통해 상대가 예상치 못한 방향에서 기습을 노릴 수도 있게 되었다.

그것뿐만이 아니었다. 마법진을 또 하나의 마법 서킷으로 활용할 수 있다는 것도 알아냈다. 로렌이야 아직 염동력으로 마법진을 휙휙 그려낼 정도로 숙련되지 않았지만, 이거야 모건 르 페이에게 부탁하면 된다.

약간 편법이긴 하지만 고작 12세의 나이로 삼중 마법 서킷을 운용하게 된 셈이다. 마법을 아는 자가 알게 되면 즉각 로렌을 암살하고 페이를 훔쳐갈 충동에 휩싸일 정도의 성취였다.

고치를 여는 데 소모한 일주일이 전혀 아깝지 않은 수확이었다.

*   *   *

첫눈이 오고 있었다. 그리고 로렌은 자신이 13살이 되었음을 알았다.

"그렇다고 뭐가 달라지는 건 아니지만."

지난 생에 비견하자면 달라지기야 달라졌다. 지난 생, 13살의 로렌 하트는 아직 로렌도 아니었고 하트라는 성도 없는 소매치기 '빠른 손'일 뿐이었다.

하지만 지금은 어떤가.

마법사, 그것도 이중 마법 서킷을 지닌 고위 마법사. 엘프 전사의 엘프 검술과 검법, 드워프 검술을 익힌 전사. 초보이긴 하지만 대장장이이며 각인기예를 다룰 줄 아는 기예가. 지난 생의 기억에 의존한 결과이긴 하지만, 다방면에 조예가 깊은 학자에 전략가, 행정가이기도 하다. 여기에 명률법과 염동력을 익힌 것은 덤이다.

이 모든 것을 지난 1년간 습득한 거니 확실히 대단한 성장이기는 하다. 상당 부분은 지난 생에서 얻어온 지식과 기술을 기반으로 한 것이지만, 전사와 기예가로서의 그는 순전히 이번 생에서의 노력으로 얻어낸 결과를 바탕으로 했다.

그리고 무엇보다도 로렌이 자랑스러워하는 성과는 이것이다.

라푼젤 발레리에 넬라의 생존.

그는 그녀의 운명을 바꿔놓는 데 성공했다.

"나쁘지 않은 기분이야."

하늘에서 내리는 눈을 손바닥으로 받아 녹이며 로렌은 훗하고 웃었다.

생일이라고는 해도 본인이 멋대로 정해놓은 것에 불과하지만 아무튼, 지난 생에선 매년 첫눈을 맞을 때마다 로렌은 올해 겨울을 살아남을 수 있을까 걱정해야 했다. 어린 채로 죽긴 억울하니 나이에 한 살 더하기라도 해야겠다는 생각에 그는 첫눈이 내리는 날을 자신의 생일로 정했었다.

하지만 지금 이 자작령 영주 집무실에는 벽난로가 타오르고 있었다.

얼어 죽을 걱정을 할 필요가 없다는 건 얼마나 축복된 일인가. 배가 고플 때 음식을 먹을 수 있다는 건 얼마나 감사한 일인가.

곧 저녁을 먹을 시간이었다. 첫눈이 오는 날을 생일로 삼아났다는 말을 라푼젤에게 했더니 오늘은 맛있는 걸 먹여주겠다며 강제로 저녁 약속을 잡아버렸다. 그래서 그럼 오늘은 외식하는 거야? 하고 물어봤더니 화를 냈다.

안 그래도 속을 한번 긁어놓은 상태다. 약속 시간에 늦으면 라푼젤이 얼마나 화를 낼지 모른다. 늦는 것보다야 몇 분 정도는 빨리 움직이는 게 나았다.

로렌은 다시 한 번 푸근하게 웃고는 집무실을 나섰다.

*   *   *

라핀젤 자작령에 한 무리의 군세가 몰려왔다. 모두 오크들이었으며, 말을 타고 있었다.

군마였다.

중앙 가도를 막고 선 경비병이 얼굴을 굳히고 검문소의 문을 굳게 닫았다. 저 오크들이 단번에 공격해 오면 검문소의 병력만으로는 막을 수 없다. 파발이 급히 달렸다. 구원을 요청하러 간 것이다.

그러나 오크들은 금방 공격해 오지 않았다. 검문소 앞에 도착하자 말에서 내렸다.

"라핀젤 자작님을 뵈러 왔다!"

선두에 선 자가 크게 외쳤다.

"무슨 용무로?"

공격하러 온 것이 아니었나? 경비병들은 약간 안도했다. 하지만 그 목소리에는 여전히 긴장이 묻어나고 있었다. 언제 태도를 바꿔 공격해 올지 모르는 일이다.

"쓰임 받기 위해서!!"

오크들에게서 의외의 대답이 돌아왔다.

*   *   *

오크 자유 기사 구유카르크.

오크 자유 기사 몽케르크.

오크 자유 기사 수부타르크.

이 세 자유 기사는 같은 가족에게서 난 형제로, 바투르크가 라핀젤 자작의 기사가 되었다는 소식을 듣고 자신들도 기사가 되기 위해 자작령으로 찾아왔다고 밝혔다.

오크를 기사로 받아주는 영주는 거의 없었고, 특히나 바투르크가 발레리에 대공으로부터 해고된 이후에는 상황이 더 악화되었다. 이 변경 지역의 왕이나 다름없는 대공이 오크 기사를 해임했는데, 자신들이 오크 기사를 두고 있을 수 없다는 논리였다.

이렇게 해고된 오크 기사들은 생계를 이어가기 위해 강도짓을 하다가 토벌되는 경우도 있어서 오크 기사에 대한 인식은 더욱 나빠지기만 했다. 이 변경 지역이 전국 시대나 다름없는 혼란기임에도 이들이 말만 자유 기사, 실제로는 실직자인 이유도 그 때문이었다.

이 세 오크 기사도 그런 악화된 인식에 희생된 케이스로, 에드워드 백작의 밑에서 일하다가 몇 년 전에 해고된 참이었다.

이런 상황에서 바투르크가 기사 서임을 받고 전쟁에서 활약을 해 자작령에 비옥한 장원까지 하사받았다는 소식이 들리니 이들도 혹시나 하는 마음에 찾아온 것이다.

"기사 서임까지는 바라지도 않는다. 바투르크 경 수하에서 일이라도 할 수 있게 해달라."

그것이 형제들 중에서 대표로 나선 구유카르크의 말이었다. 한때는 기사였음에도 같은 기사인 바투르크의 종자로 삼아달라니. 세상 풍파에 꽤나 시달린 건지, 이미 패배주의가 그의 심저에 깊숙하게 자리 잡은 모양이었다.

로렌의 입장에서 보자면 바라마지 않던 인재가 제 발로 찾아온 격이었다.

바투르크는 강력한 기사고, 기사단장급의 전력을 갖추고 있다. 하지만 실제로 기사단장인 것은 아니다. 이끄는 기사도 없이, 기사단장을 이름할 수는 없다. 다른 영주들의 기사단을 상대하려면 이쪽도 기사의 숫자를 최소한 상대의 절반 정도는 맞춰줘야 할 필요가 있었다.

그런데 기사가 어디 쉽게 구해지는 인재인가. 그렇지 않다. 실력 있는 기사는 이미 다 고용되어 있고, 자유 기사랍시고 돌아다니는 이들은 함량 미달인 경우가 더 많았다.

하지만 이들 구유카르크 형제는 에드워드 백작에게 기사 서임까지 받은 진짜배기 기사 아닌가? 문제는 오크라는 것뿐인데, 로렌은 그 점을 문제라고 여기지도 않았다.

그러니 로렌이 할 대답은 간단했다.

"환영하오."

구유카르크를 비롯한 오크 기사들의 얼굴이 대번에 밝아졌다.

"겨울을 어떻게 나야 할까 걱정이었는데, 목구멍에 풀칠은 하겠다. 감사하다."

구유카르크는 아직 뭔가 오해를 하고 있는 모양이었다. 자신들이 기사가 아닌 바투르크의 종자로 채용되었다고 생각하고 있는 것 같았다.

'뭐, 이 오해를 당장 풀 필요는 없지.'

로렌은 문득 장난기가 들어 그냥 입을 다물었다. 기사 서임을 할 때 구유카르크가 어떤 표정을 지을지, 벌써부터 궁금해졌다.

24장
기사도 수련

"내 존재가 동족들의 희망이 되다니, 영광된 일이다."

바투르크는 자작령에 자신의 후임이 생긴 게 기꺼운 듯 고개를 몇 번이나 끄덕였다.

구유카르크를 비롯한 삼 형제 기사를 받아들이고 라핀젤에게 기사 서임을 하게 한 후, 장원까지 하사한 뒤의 일이었다.

세 오크 기사는 로렌의 기대를 배반하지 않고 멋진 반응을 보여주었다. 오크가 우는 건 정말 보기 드물다고 하던데, 로렌은 세 명 다 한 번에 우는 걸 봤다. 괜찮은 경험이었다.

그들의 장원은 바투르크의 장원에서 그리 멀지 않은 곳에 만들어주었다. 클레멘스 자작 시절에 만들어진 장원으로, 원래부터가 기사 장원들이 이 지역에 몰려 있었다. 이제 주인이 없어져 빈 장원을 하사한 것이었다.

바투르크는 그들의 인사를 받았다고 한다. 바투르크를 선임 기사로 받아들이고, 상하 관계를 확실히 한 모양이었다.

"그건 그렇다 치고, 이제 슬슬 여유는 좀 생기셨습니까?"

로렌이 바투르크를 찾아온 건 그냥 세상 돌아가는 이야기만 하기 위해서가 아니었다.

"그대에게 기사의 비의를 가르칠 여유 말인가? 그렇다, 생겼다."

바투르크는 껄껄 웃었다.

"겨우내 돼지를 먹일 도토리를 쌓아두느라 시간이 많이 필요했다. 기다리게 만들어서 미안하다."

"뭐, 저도 따로 할 일이 있었으니 크게 마음 두실 건 없습니다."

"좋다. 그럼 시작하자."

바투르크는 고개를 크게 끄덕였다.

*　　　　*　　　　*

"기사의 가장 중요한 무기는 말이다. 말을 타고 빠른 속도로 움직이며, 그 속도와 힘을 바탕으로 한 돌격하는 것이 기사의 존재 의의다."

바투르크는 그렇게 운을 뗐다.

"하지만 단지 이것뿐이라면 창기병과 다를 바가 없다. 굳이 장원까지 하사해 가며 기사를 부릴 이유로 적합하지 않다."

창기병은 용병으로도 부릴 수 있는 병종이다. 전쟁이 있을 때만 돈을 주고 고용하면 된다. 가격이야 비싸지만 장원을 운영함으로써 벌 수 있는 돈을 생각하면 확실히 창기병이 낫다.

"하지만 기사가 창기병과 결정적으로 다른 점이 존재한다."

바투르크는 자부심을 담은 목소리로 웅변했다.

"기사의 돌격은 저지당하지 않는다."

로렌은 마법사 부대를 이끌고 창기병대를 상대했을 때를 떠올렸다. 장창병이 창을 들어 그들의 돌진을 저지하자, 그들은 말 머리를 들어 재차 돌격하려고 했다. 그 틈을 타 연쇄 화염 폭발로 분쇄한 바 있었다.

하지만 기사는 그렇게 처치할 수 없다. 왜냐하면 그들의 돌격은 화살이나 장창 따위로 저지할 수 없기 때문이다.

바투르크가 저리도 자부심을 갖고 말하는 '저지당하지 않는다'는 말은 빈말이 아니었다.

전장에서 장창병이 막아서자 칼을 뽑아 그 창들을 풀 베듯 베어버리는 광경이 눈에 선하다. 로렌은 그 광경을 바로 눈앞에서 봤다.

제자들이 발사한 연쇄 화염 폭발조차도 기사의 돌격을 저지하지 못했다. 로렌조차도 전격 폭발 주문의 완성이 1초만 늦었더라면 죽을 수도 있었다.

"기사의 돌격이 저지당하지 않는 이유는 세 가지가 있다."

바투르크의 이야기가 다시 이어졌다.

"하나, 튼튼한 갑옷. 둘, 튼튼한 방패. 셋, 튼튼한 말."

어찌 들으면 당연한 이야기였으나, 다르게 들으면 이상한 이야기이기도 했다.

기사가 아닌 창기병도 갑옷을 입는다. 기사처럼 전신 갑주를 입지는 못하고 전면만을 가리는 가슴 갑옷을 입긴 하지만, 그들도 전신 갑옷을 입으면 기사만큼 단단해질 것이다.

방패까지 들면 너무 무거워져서 말이 버티지 못하니 방패는 못 든다 치더라도, 튼튼한 말을 구할 수 있다면 이야기가 달라질 수 있다.

하지만 실제로 그런 광경은 보이지 않는다. 강철제 전신 갑주에 방패까지 들면 일반적인 말은 물론이고 특별히 좋은 종자를 구해 신경 써서 길러낸 말들도 버티지 못한다.

지구의 중세 유럽에서는 연이은 교배를 통해 전투용 말을 길러내 이 문제를 해결했다는 것 같지만, 이 세계에서는 그런 말이 존재하지 않는다.

어찌 보면 이게 자연스러운 것이기도 하다. 말도 뼈와 살로 이루어진 생물이다. 등에 사람을 싣고 다니긴 하지만, 처음부터 그러기 위해 태어난 생물은 아니다. 본래는 그냥 자신의 몸만 가누며 달리는 것이 당연한 생명체다.

그런데 쇳덩어리를 몸에 두른 인간을 등에 지고도 어떻게 멀쩡히 움직이겠는가? 그게 오히려 이상한 일이라 하는 게 맞았다.

다른 말로 하자면 기사의 말은 이상했다. 교배를 통해 특수한 말을 길러낸 것도 아니다. 로렌이 타고 다니는 말과 똑같은 말임에도 불구하고 거대한 쇳덩어리나 다름없는 기사를 등에 싣고 잘만 달린다.

평소엔 별 관심이 없어 그냥 지나치던 일이었지만 한번 이상하게 여기니 신경이 쓰이기 시작했다.

"역시 마법사, 머리가 좋은 인간이다. 깨달은 것 같다."

생각에 잠긴 로렌의 표정을 들여다보던 바투르크가 그렇게 말했다.

"기사의 비의가 거기에 있다. 튼튼한 갑옷을 입고 튼튼한 방패를 든 인간을 등에 지고 아무렇지도 않게 움직일 수 있도록 말을 튼튼하게 만드는 법이 바로 그것이다."

*   *   *

생각한 거랑 달랐다.

로렌의 심정을 한 문장으로 요약하자면 딱 그랬다.

기사의 비의가 '말을 튼튼하게 만드는 법'이라니.

생각해 보면 이치에 맞기는 하다. 지구와 달리 전투마를 따로 육성하지 않은 이유는 기사가 말을 튼튼하게 해줄 수 있기 때문이라고 말이다. 기사가 타는 것만으로도 말이 튼튼해진다면 교배 같은 골치 아픈 짓을 할 필요가 없다.

하지만 문제가 있었다.

'…필요 없겠는데?'

로렌이 다양한 능력을 손에 넣으려는 목적은 만약 또 지구에서 환생하게 되면 써먹기 위해서였다. 로렌의 세계에서는 출세하려면 그냥 마법만 잘 수련하면 된다.

그런데 말을 튼튼하게 만드는 법이라니. 현대 지구에서 그게 무슨 소용이 있단 말인가.

'뭐, 그렇다고 안 배울 생각은 없지만.'

지구에서 환생하게 되면 써먹겠다는 목적 자체가 사실 좀 애매했다. 환생을 안 할지도 모르는 일이고, 환생하더라도 또 지구가 멸망하리란 법이 없다.

마법만으로는 인류를 멸망의 운명에서 구해낼 수 없었기에, 마법에 실망한 나머지 다른 능력에도 눈을 돌려본다는 게 조금 더 정확한 표현이리라.

그러니 기사의 비의에도 흥미가 남아 있었다.

조금 전보다야 떨어지긴 했지만.

'조지 2세라도 튼튼하게 만들어주지, 뭐.'

원래는 남작의 것이었지만 로렌이 라핀젤과 함께 자작령으로 이사 오게 되면서 아예 완전히 소유권을 이전받은 말, 조지 2세에게는 꽤 정이 들었다. 사실 이동 수단으로서는 하늘을 날아다니는 스칼렛이 훨씬 유용하지만, 스칼렛은 그의 소유물은 아니지 않은가.

"조금 실망한 모양이다, 로렌."

바투르크는 로렌의 반응을 정확하게 짚어냈다. 그럼에도 바투르크는 별로 불쾌해하거나 하지는 않았다. 오히려 의미심장하게 웃으며 이렇게 이어 말했다.

"하지만 그 실망도 오래 가지는 않을 거다."

바투르크는 검을 뽑아 들었다. 기사검이었다.

"그대도 검을 갖고 있다. 장식용인가?"

"아니, 실전용입니다만."

"그렇다면 뽑아라."

대련이라도 하려는 것일까? 로렌은 약간 긴장하며 마법 화살의 마법 서킷을 형성해 두었다. 마법사로서의 버릇 같은 것이다. 곧 그만두었지만 말이다.

'화염 폭발도 견디는 기사인데, 마법 화살 따위로 견제가 될리가… 음? 잠깐.'

로렌은 표정을 굳혔다.

'방패 좀 튼튼한 거 들고 전신 갑옷 입는다고 화염 폭발이 막아질 리 없잖아?'

바투르크의 말에 잠시나마 선입견을 가지고 말았다.

기사의 비의가 말만 좀 튼튼하게 하고 말 거면 화염 폭발은 어떻게 받아내고 계속 돌진해 온단 말인가?

'그런 거였나.'

기사의 비의는 말만 튼튼하게 하는 능력이 아니다. 말'도' 튼튼하게 하는 능력인 거다. 바투르크가 아직 밝히지 않은 활용법이 또 있을 것이다.

로렌은 탈란델의 각인검을 뽑아 들었다. 약간 식었던 의욕에 다시 불을 붙였다. 그런 로렌의 눈빛을 들여다 본 바투르크는 만족스러운 듯 입가에 미소를 띠었다.

"좋다. 시작한다."

바투르크는 자신의 기사검을 들고 움직이기 시작했다.

"따라 해라."

그 동작을 본 순간, 로렌은 바루트크가 무엇을 하려고 하는지 알아챘다. 검술을 전수해 주려고 하는 것이다. 로렌은 군말 없이 바투르크의 검술을 따라 하기 시작했다.

　　　　*　　　　　*　　　　　*

"습득이 빠르다. 처음 해본 솜씨도 아닌 것 같다."

　로렌의 검술에 대한 바투르크의 평은 정확했다. 로렌은 이미 드워프 검술과 엘프 검술을 익힌 상태였으니 바투르크의 기사 검술을 익히는 데도 빨리 익숙해질 수 있었다.

　로렌은 그런 바투르크의 칭찬에 바로 반응할 수 없었다. 놀랐기 때문이었다.

　'드워프 검술보다도 공력이 쌓이는 속도가 빠르다!'

　기사 검술은 그 동작으로 볼 때, 전혀 실전적이지 않았다. 불필요한 동작이 많았고, 괜히 멋을 부리는 동작도 많아 보였다. 로렌은 그런 동작들이 완전히 무의미하다고 여겼지만 그래도 충실히 따라 했다.

　그 결과가 이거였다.

　더욱더 빠르고 효율적인 공력의 축적률. 아마도 불필요한 동작들은 더 효율적으로 공력을 쌓기 위한 것이었으리라.

　"그대가 배운 이 검술은 리히텐베르크류 기사도(騎士道)의 기본 검술이다."

　바투르크가 말한 기사도는 지구의 중세 유럽에서 흔히 일컫는 기사도(Chivalry)가 아니라, 검도나 태권도 같은 무술, 무도를 가리키는 단어다. 적어도 바투르크는 그런 의미로 말하고 있었다. 기사의 무술이라는 뉘앙스이다.

사실 리히텐베르크류 기사도는 이 검술뿐만 아니라, 기사로서 가져야 할 기본 소양이나 정신적인 자세 등도 포함하고 있는 모양이니 그냥 기존의 의미대로 받아들여도 상관은 없었다.

"이걸 한 달간 계속해라."

바투르크는 말했다.

"그때가 되면 몸 안에 무언가가 쌓이는 게 느껴질 거다."

"무언가… 말입니까?"

공력이라는 단어는 로렌이 김진우일 때 읽었던 지구의 소설에서 따온 것이라 그걸 대놓고 말할 수는 없었다. 그럼 뭐라고 표현해야 할까, 로렌이 생각하고 있으려니 바투르크가 먼저 말했다.

"마법사가 마법을 쓰기 위해서는 마력이라는 힘이 필요하다고 들었다."

"네."

"그거랑 비슷한 거다. 기사의 비의를 깨우치고 리히텐베르크류 기사도의 진정한 능력을 발휘하기 위해서 필요한 힘. 우리는 그 힘을 공력이라고 부르고 있다."

"예?!"

로렌이 크게 놀랐다. 공력이라니. 로렌이 사용하고 있는 단어와 동일하지 않은가?

"공을 들여야 얻을 수 있는 힘이라는 의미다. 오크치고는 너무 유식해서 놀랐나?"

로렌의 반응을 어떻게 받아들인 건지 바투르크가 짓궂게 웃었다.

"내가 만들어낸 단어는 아니다. 이 기사의 비의는 내가 익힌 리히텐베르크류 기사도에서 전해 내려온 것이며, 기술이나 힘을 가리키는 명칭들도 같이 전수받았다. 꽤 오래전부터 그렇게 불러왔다고 한다. 이 명칭을 정한 사람은 아주 머리가 좋은 사람이었을 것이다."

제가 머리가 좀 좋긴 하죠, 하고 너스레를 떨 생각은 들지 않았다. 아직 놀람의 여운이 남아 있었기 때문이었다.

하기야 지나치게 놀랄 일도 아니다. 공을 들여서 얻는 힘. 그래서 공력. 누구라도 생각해 낼 수 있는 단어 아닌가. 우연의 일치일 가능성이 높았다.

바투르크야 명칭을 정한 사람이 머리가 좋다느니 하고 있지만 이건 그냥 오크가 특별하게 머리가 나쁜 것뿐이다.

"공력을 모으기 위해서는 말 그대로 공을 들여야 한다. 이 기사 검술을 아주 오랫동안 수련해야 하니 쉽지 않은 일이다. 내 기사대의 기병들도 이 힘을 얻기 위해 공을 들이고는 있지만, 기사 수준이 된 이는 아직 없다.

"기사 수준… 이라 하시면?"

"공력을 몸 바깥으로 끌어내어 말을 튼튼하게 하는 것이 기사의 기본 조건이다. 이걸 못 하면 기사가 아니다. 기사 갑옷을 입고 말 위에 올라봐야 말을 상하게 할 뿐이니까."

공력을 몸 바깥으로 끌어낼 수도 있는 건가. 로렌은 생각했다.

사실 그는 공력을 활용하는 법에 대해 이미 잘 알고 있었다. 각인기예나 루슬라식 엘프 검법을 사용하는 데 쓰면 된다. 하지만 바투르크가 말하는 건 그런 것과는 다른 것 같았다.

"더군다나 내 기사대의 기병들은 대부분이 오크다. 오크는 수명이 짧다. 공력을 모으는 데 공을 들일 시간이 부족하다는 소리다. 내가 살아 있는 동안 리히텐베르크류 기사도를 이을 후계자가 나올지 걱정일 정도다."

바투르크는 걱정스러운 듯 말했지만, 곧 시선을 로렌에게 두고 흐뭇하게 웃었다.

"하지만 오크보다 수명이 긴 그대라면 내 뒤를 이어 리히텐베르크류의 명맥을 이어줄지도 모를 일이다."

바투르크가 로렌에게 리히텐베르크류 기사도를 전수하기로 마음먹은 건 물론 은혜를 갚는다는 의미도 있었겠지만 자신의 대에서 후계가 끊어질지도 모른다는 위기감 때문도 있었으리라.

"너무 걱정할 필요는 없다. 나는 내 대에서 좀 더 빠르게 공력을 쌓는 방법을 개발해 냈다. 지금은 무리지만 겨울이 지나고 나면 그대에게도 전수해 줄 생각이다."

진지하게 말했던 게 갑자기 쑥스러워진 듯, 바투르크가 분위기를 바꿔 밝은 목소리로 말했다. 겨울이 지나고 나면⋯ 이라. 그 말을 듣자 로렌은 짚이는 구석이 생겼다.

"혹시 그거, 돼지를 기르는 거랑 연관이 있습니까?"

로렌의 말을 들은 바투르크가 놀란 듯 눈을 크게 뜨더니 두 번 연속해서 끔벅거렸다. 그러더니 갑자기 씨익 웃고는 이렇게 말했다.

"그대는 정말로 눈치가 빠르다."

*　　　　*　　　　*

리히텐베르크류 기사도의 검술 수련을 시작한 지도 어느새 1개월이 지났다.

"어떤가? 이제 몸에 공력이 쌓이는 게 느껴지는가?"

그런 바투르크의 말에 로렌은 고개를 끄덕였다.

원래부터 공력의 증감에는 민감했다. 로렌은 쌓이는 공력을 각인기예나 루슬라식 엘프 검법으로 사용했기 때문이다. 그는 각인기예를 특히 중점적으로 수련해 왔고, 검술로 쌓이는 공력을 그날 바로 다 써버리는 경우가 많았다.

하지만 리히텐베르크류 검술을 수련하게 되면서 공력을 한 번 진득하게 쌓아보자는 생각을 갖게 되었고, 그건 나름의 결과로 이어졌다. 바투르크의 말대로, 근육에 어떤 힘이 쌓이는 게 느껴지기 시작했다. 이 어떤 힘의 정체가 공력이었다.

신체의 각부 근육에 고루 분포된 공력은 더 적은 노력으로 더 큰 힘을 발휘할 수 있게 만들고 있었다. 그 덕에 요즘 부쩍 힘이 세졌다.

이렇게 세진 힘은 어디까지나 공력 덕으로, 다른 말로 하자면 힘을 쓰는 만큼 공력을 사용하게 된다. 로렌은 일상생활 중에 공력을 낭비하지 않기 위해 공력을 쓰지 않고 근력만으로 움직이는 법을 따로 터득해야 했다.

몇 번의 시행착오 끝에 로렌은 공력을 쓰지 않고 않는 법을 깨달았고, 그 뒤에는 더 빠른 속도로 공력을 쌓을 수 있게 되었다.

"하지만 이걸 몸 밖으로 꺼내는 방법은 모르겠더군요."

로렌의 말에 바투르크는 황당하다는 표정을 지었다.

"고작 한 달 만에 그게 가능하면 내가 후계자 고민을 할 필요도 없었을 거다."

"그도 그렇군요."

로렌은 자신이 조금 조급했다는 것을 인정하고 고개를 끄덕였다.

"어쨌든 공력이 쌓이고 있으니 다음으로 넘어가자."

바투르크는 곧장 기사검을 뽑아 들었다.

"그대가 이제껏 배운 1장은 공력을 쌓는 데만 집중했지만, 이제부터는 다를 것이다. 그대가 새로 배우게 될 것은 리히텐베르크류 기사 검술 2장으로, 쌓인 공력을 전신에 회전시키는 검술이다."

자세를 취한 바투르크는 한번 빠르게 검술을 펼쳐보였다. 그 기세가 강맹하고 힘찼다. 몇몇 동작은 근력만으로는 도저히 따라 할 수 없어서 공력을 사용해야 하는 것으로 보였다.

한번 시범을 보인 후, 바투르크는 검을 멈추고 말했다.

"이제 천천히 다시 보여준다. 동작이 틀리면 회전하던 공력이 부딪혀 소멸할 가능성이 있으니 틀리지 않도록 신경을 기울여라."

로렌은 고개를 끄덕이고, 바투르크를 따라 몸을 움직이기 시작했다. 그러자 과연 바투르크의 말대로 근육에만 머물러 있던 공력이 천천히 움직이기 시작하는 게 아닌가?

몇 번을 더 반복해 2장 검술을 익힌 로렌은 바투르크가 처음 시범으로 보여준 속도대로 검술을 펼쳐 보였다. 그러자 공력이 막히지 않고 술술 움직여 온몸을 휘몰아쳤다. 도수가 아주 높은 술을 마신 것 같은 뜨거운 기운이 전신에서 느껴졌다.

"좋다. 잘했다."

로렌의 동작을 몇 번 더 교정해 준 바투르크는 만족스러운 듯 고개를 끄덕였다.

"해봐서 알겠지만, 2장은 공력을 모으는 데는 그다지 큰 도움이 되지 않는다. 그러니 앞으로 한 달간 1장과 2장을 반복해서 수련해라."

확실히 공력을 쌓는 것만 치면 1장에 비할 바가 못 됐다. 로렌이 고개를 끄덕이자, 바투르크는 이어 말했다.

"처음에는 1장을 더 많이 수련하고, 2장은 하루에 한 번 정도 하는 것으로 충분하다. 나중으로 갈수록 2장을 더 많이 수련하게 될 것이다."

그러고는 문득 빙긋 웃었다.

"돼지는 잘 크고 있다. 봄이 오면 몇 마리쯤 먹을 수 있을 거다."

그놈의 돼지는 대체 어떤 식으로 이 수련에 도움을 주는 걸까.

로렌은 점점 더 궁금해졌지만 참았다. 나중에 몸으로 깨닫게 될 걸 알고 있기 때문이었다.

그리고 순수하게 바투르크가 키우는 돼지 맛이 기대가 되기도 했다. 일반적인 편견으로는 오크는 요리를 못한다지만,

브뤼델에서 먹은 사중 뱃살 오크 꼬치구이의 맛을 떠올려 보자면 딱히 그렇지도 않았다.

'생각난 김에 스칼렛과 함께 브뤼델이나 다녀와야겠다.'

간만에 생각난 사중 뱃살 오크 꼬치구이 덕에 입에 침이 고였다. 가뜩이나 공무에 시달리는 몸이다. 그리고 영양 보충이 필요한 때이기도 했다. 바쁘기는 했지만 스칼렛과 함께라면 한나절도 채 안 걸리는 거리다.

아직 스칼렛의 동의도 얻지 못했지만 로렌은 이미 벌써 브뤼델로 향하기로 마음을 굳혔다.

*   *   *

로렌이 지난 세월들을 전부 바투르크에게서 가르침을 얻는 데만 소모한 것은 아니다. 스칼렛과 함께 브뤼델에 다녀오는 데 쓰기도 했지만, 그게 전부일 리도 없다.

그의 제자들은 아직 배움이 일천하여 마력을 충분히 저축하지 못했다. 마법사들이 항상 부딪히는 벽이다. 마법을 배우는 것만으로는 부족하다. 다른 배움을 얻어야 비로소 마법을 마음껏 사용할 수 있는 마력을 얻을 수 있었다.

로렌이 직접 가르쳐 줘도 상관은 없지만 아무래도 각 분야의 전문가들을 초빙해서 가르침을 청하는 것만은 못하다. 효율도 떨어지고. 로렌도 바쁜 몸이다.

그래서 로렌은 대학을 설립했다.

대학 설립 취지는 제자들만을 위한 것은 아니었다. 자작령의 인재 양성이 주목적이고, 제자들이 앞으로 양성될 인재에 포함된다는 게 맞았다.

자작령의 관리들은 지금 업무 과다에 시달리고 있었다. 그런 관리들을 위해 새로 사람을 뽑아다 빈자리를 채워 넣기는 했지만, 앞으로도 이런 식으로 사람을 채워 넣는 게 가능할지 어떨지 모른다.

인재는 뽑는 만큼 새로 나는 산채 같은 게 아니기 때문이다. 그 중요성과 가치를 생각하면 차라리 산삼에 가깝다. 안정적으로 삼을 얻고 싶다면, 인삼을 키우는 게 맞다. 그러기 위한 대학이었다.

단, 대학 입학에는 한 가지 조건을 달았다.

―직업, 계급의 귀천을 따지지 않는다.

다른 말로 하자면 로어 엘프를 입학시키겠다는 뜻이었다. 그의 제자들을 육성시켜야 하니 당연한 조건이었다. 그렇다고는 하나 어지간히 의식이 깨이지 않은 하이어드라면 몸서리를 치며 입학을 거부할 조건이기도 했다.

그래서 로렌은 한 가지 조건을 추가로 달았다.

―라핀젤 자작령 대학 졸업자는 자작령 관리 임직에 우선

권을 부여한다.

현재 자작령의 관리들 대부분은 하이어드나 인간들이었다. 새로 채용되어 지금 일을 배우기 바쁜 신임 관리들도 누구 아들이나 누구 뒷배를 받고 들어온 이들이었고, 역시 하이어드거나 인간이 주류이다.

삼국지 시대처럼 천거를 받아왔다고 하면 멋있어 보일지 모르나, 이 또한 하나의 카르텔이다. 조직으로서는 강고해질지 모르나, 그 조직의 세(勢)가 명령권자를 뛰어넘으면 곤란하다. 그런 의미에서 로렌의 입장으로 보자면 이 카르텔을 부숴야 한다.

그렇다고 숙청을 다시 한 번 되풀이할 생각은 없다. 스탈린의 예를 다시 들 필요도 없을 것이다. 그건 그리 좋은 방법이 아니었다.

그러니 로렌은 다른 방법을 생각해 냈다. 그것이 자작령 대학 졸업자의 우선권 부여였다. 공직 사회에 새로운 물을 부어 넣기로 결정한 것이다.

장기적으로 보자면 대학 카르텔이 새로 생기는 것이지만 그건 그때 가서 생각하면 될 일이다. 적어도 혈연, 지연보다는 학연이 더 나으니까.

대학 설립으로 인한 이점은 이게 전부가 아니었다.

이쪽 변경 지역에 있는 대학이라고는 대공령의 대학뿐이다.

새 대학의 설립은 일자리와 후원자를 찾아다니던 지식인들에게 새로운 물꼬가 되어줄 것이다. 즉, 재야 인재를 자작령으로 끌어모으는 효과도 있으리라.

"기대가 크군."

대학 설립은 로렌 개인에게도 그렇고, 자작령에도 큰 도움이 될 것이다. 이미 로렌은 교수진의 임용을 개시했다. 로어 엘프를 학생으로 받아야 한다는 조건에도 불구하고 자기 자리에 목이 마른 많은 지식인이 이력서를 보냈다. 로렌은 그 이력서들을 직접 확인했다.

"응?"

개중에 재미있는 이름이 보였다.

하르트 하트.

몰락 귀족으로, 지난 생의 로렌 하트에게 마법을 가르쳐 준 스승이자, 사기꾼의 이름이었다.

하르트 하트가 로렌 하트의 스승이라고는 했지만 사실 두 사람의 관계는 사제 관계라고 할 수는 없었다. 로렌 하트가 일방적으로 하르트 하트를 스승으로 삼은 것에 불과했다.

발레리에 대공의 선포로 로어 엘프가 노예 신분에서 벗어났다고는 하지만, 로렌 하트는 여전히 세상의 핍박에서 벗어나지 못한 상태였다. 로어 엘프를 향한 사람들의 시선은 여전히 고까웠고, 귀족 나리의 한마디에 손바닥을 벌러덩 뒤집을 사람도 몇 없었다.

몰락 귀족이라고는 하지만 귀한 신분이었던 하르트 하트의 수업을 로어 엘프 출신인 로렌 하트가 정상적으로 수강할 수 있을 리 없었다. 하르트 하트는 딱히 뛰어난 인격의 소유자는 아니었고, 당시의 일반적인 인간처럼 로어 엘프를 멸시했기 때문이다.

그러니 사실 관계는 이렇다.

로렌 하트는 하르트 하트의 수업을 멋대로 들었다.

몇 번 걸려서 호되게 얻어맞기도 했지만, 로렌 하트의 배움에 대한 갈망이 육신의 고통 따위는 아무렇지 않은 것으로 만들었다. 결국 하르트 하트는 자신의 가르침을 로렌 하트에게 '도난'당했다.

그런데 문제가 있었다. 하르트 하트가 마법을 가르친답시고 가르친 게 전부 사기였고 거짓말이었던 것이다. 학생들에게 재능이 없다고 둘러대는 것도 금방 한계가 찾아왔고, 결국 하르트 하트는 사기꾼으로 몰려 쫓기는 신세가 되고 말았다.

"아니, 사기꾼으로 몰린 게 아니라 진짜 사기꾼이었지."

과거를 회상하던 로렌은 피식 웃었다. 정확히 하자면 과거가 아니라 시간열 기준으로는 미래지만, 그거야 아무래도 좋은 일이다.

그럼에도 불구하고 로렌은 하르트 하트에게 나쁘지 않은 감정을 갖고 있었다. 그의 마법 수업은 전체적으로 사기였지만, 엘프어와 엘프 문자는 진짜였다. 그리고 그 배움은 로렌 하트의 기반을 단단히 닦아주었다.

마법에 대해서만큼은 다소 시행착오를 겪어야 했지만, 그거야 수업료로 치면 될 일이다.

그리고 하르트 하트가 도피 중일 때, 로렌이 하트라는 성을 검은 빵 한 조각으로 사들이기도 했다. 아무리 몰락 귀족이라지만 지나치게 일방적인 거래였다.

즉, 손익 관계에 있어서는 로렌 하트가 일방적으로 이득을 본 관계이기도 했다.

"후……."

간만에 옛 추억에 젖어 빙그레 웃고 있던 로렌은 하르트 하트의 이력서를 내려다보았다.

"하지만 그건 그거고, 이건 이거지."

로렌은 하르트 하트의 이력서에 도장을 쾅 찍었다.

탈락 도장이었다.

*　　　　　*　　　　　*

기사에 지나치게 의존했던 탓에, 자작령은 징집병이나 상비병 제도가 그리 발달되어 있지 않았다. 하긴 전대 클레멘스 자작은 기사를 월급 쥐어가며 부려먹었을 정도로 짜게 굴었으니, 이런 쪽의 코스트 절감에는 철저했다.

지금의 라펀젤 자작령에는 네 명의 기사가 주둔해 있다. 전원 오크이고, 제대로 된 기사대를 구성하고 있는 부대는 바투르크의 부대가 전부였다. 즉, 전대 클레멘스 자작처럼 기사에만 의존할 수도 없는 노릇이었다.

더군다나 로렌은 장기적으로 볼 때 발레리에 대공과 적대하게 되리라고 예상하고 있었다. 안 그래도 시대가 전국 시대다. 대공의 눈치 따위 안 보고 못 먹어도 '고'를 외칠 정신 나간 영주가 언제 나타나도 이상할 게 없었다.

그러니 로렌은 필연적으로 징집병을 양성해야만 했다.

자작령 침공 때 아무리 용병에게 데었다지만 용병 전력을 도외시할 수는 없었다. 징집병의 훈련도가 낮은 건 현실적으로 어쩔 수 없는 일이고, 이 부분을 베테랑들이 채워줘야 했다. 그리고 베테랑을 가장 쉽게 고용하는 법은 역시 용병을 사들이는 것이었다.

로렌은 자신이 그레고리 남작령에 있을 때 남작에게 진언했던 내용을 그대로 실천했다.

"가능하다면 남작령에서 엽병대를 사오고 싶지만, 이건 너무 상도덕을 어기는 일이겠지."

남작령 내전기 하이어드 스웰 토벌전에서 인상적인 활약을 펼쳤던 엽병대가 자꾸 생각났다.

용병이야 사오면 그만이긴 하지만 자작령은 산지보다는 평야가 많았다. 엽병대의 특성을 살릴 일이 별로 없다는 의미다. 그리고 그 산지는 북부 쪽에 몰려 있었다. 엽병대를 사와 버리면 남작령과의 전쟁에 대비, 혹은 침략을 준비한다는 인상을 줄 우려가 있었다.

엽병대 대원들의 말로 설명하기 힘든 초월적인 신체 능력의 비밀에 대해서도, 로렌도 지금은 눈치를 챈 상황이었다.

'아마도 공력이겠지. 기사 수준은 아닐 테지만.'

공력을 제대로 쌓기 시작한 로렌은 엽병대 수준의 신체 능력은 마음만 먹으면 발휘할 수 있게 되었다. 은엄폐 기술도 탐나긴 하지만, 명률법을 사용할 수 있게 되었으므로 지금 당장 필요하지는 않다.

단적으로 말해 로렌이 엽병대에게 따로 가르침을 구할 필요가 없어진 것이다.

여러모로 엽병대를 사오는 건 별로 좋은 선택이 될 수 없었다.

"좋아."

그렇게 스스로를 설득해 낸 로렌은 다음 사안으로 넘어갔다.

*   *   *

다음 사안.

이것이 가장 골치 아팠다.

그래서 로렌도 마지막까지 뒤로 미뤄둔 거였다.

한 통의 편지.

편지의 봉인에는 로렌도 한번 본 인장이 새겨져 있었다.

사실 내용물은 이미 뜯어봤지만, 로렌은 이미 뜯겨진 그 봉인만 봐도 위장 안쪽이 아려오는 것 같았다.

발레리에 가문의 인장. 발레리에 대공으로부터 온 편지였다. 심지어 자필 편지.

그 편지의 내용은 다음과 같았다.

자작령, 나 줘라.

실로 심플했다. 돌려 말한 것을 요약한 것이 아니라, 실제로 이렇게 적혀 있었다. 처음 봤을 때는 장난인 줄 알고 편지를 돌려 뒷장이 있는지 살펴봤을 정도였다. 그 정도로 황당한 편지이기도 했다.

"발레리에 대공의 성격은 원래 이랬던 건가."

한 번도 직접 만나본 적은 없어서 로렌 머릿속의 발레리에 대공 이미지는 뭔가 중후하고 멋있는 사람의 그것이었다.

로어 엘프를 해방시켜 준 은인이자, 중앙정부조차 감히 어찌하지 못할 무소불위의 권력의 소유자. 한편으로는 양녀라고는 하나, 자신의 소공녀를 희생시켜서라도 목적을 이루려 드는 철혈군주.

그 강대한 군주가 유려한 필체로 이런 편지를 써 보내다니.

'애도 아니고!'

이게 그냥 어린애가 조르는 것에 불과했다면 로렌도 웃어넘겼을 것이다. 하지만 이 편지를 보낸 발신인이 발레리에 대공인 이상, 표정을 굳힐 수밖에 없었다.

이 심플한 편지는 발레리에 대공의 꾸미지 않은 본심을 그대로 드러내어 보이고 있었다.

자작령에 대한 욕망을.

대외적으로야 명분을 중시하느라 가볍게 움직이지는 못하겠지만 명분이야 만들면 된다. 남작령이야 '엘리시온의 경이'에 대한 정보가 확실하지 않으니 판단을 보류했지만 자작령은 다르다. 발레리에 대공은 자작령 그 자체를 탐내고 있었다.

"…결국 그레고리 남작의 판단이 옳은 셈이 되는군."

남작이 자작령을 삼켰다면 발레리에 대공은 라푼젤에게 암살자를 보내서라도 억지로 명분을 만들어 침략했을 가능성이 컸다. 그나마 대외적으로는 라푼젤 자작령이 된 덕에, 일단 편지를 보낸다는 유화책을 쓴 것이다.

'이게 유화책이라니, 개가 웃겠지만.'

이 편지가 받아들여지지 않는다면 발레리에 대공은 즉시

다음 작전을 입안할 것이다. 방향이 어떻게 틀어지든, 그 최종적인 목적지가 침략이 되리라는 건 어렵지 않게 예상할 수 있었다.

'시간이 너무 없어.'

적어도 대학을 건립해 제자들의 마력 수준을 한 단계 끌어올리고, 징집병들을 훈련시켜야 했다. 그럴 시간은 벌어야 했다.

발레리에 대공은 기사단만 열 개 이상을 갖고 있고, 마법사 부대도 운용하고 있다. 레윈만 봐도 알겠지만 마법사들의 수준도 상당히 높을 것이다. 정면으로 붙어서 이길 가능성이 보이질 않는다.

'일단 시간을 벌어야 해.'

0이나 다름없는 승산을 티끌만큼이라도 끌어올리고 변수를 만들기 위해서는 역시 시간이 필요했다.

로렌은 책상머리에 앉아 끙끙 앓았다.

*   *   *

3년만 주십시오.

요약하자면 그런 의미를 담은 편지를 작성했다. 물론 이런 내용만 담으면 발레리에 대공은 그냥 편지를 무시하고 군대부터 준비시킬 가능성이 높았기에 다른 내용도 넣어야 했다. 그 다른 내용이란 물론 대공이 자작령을 그냥 내버려 둠으로써 얻을 이득에 관해서여야 했다.

"가장 알기 쉬운 건 조공이긴 한데."

겨우 조공 정도로 이 자작령 전체를 홀랑 집어삼키려는 발레리에 대공의 야욕을 식힐 수 있을까? 로렌은 생각해 봤다.

아니었다!

"끙, 끙, 끄응……."

아무리 머리를 붙들며 생각을 짜내려고 노력해 봐야 특별한 해답이 떠오를 리 없었다. 대마법사의 직에 오른 후, 그는 자신이 아쉬운 위치에 서본 적이 별로 없었다. 게다가 이번에는 지난 생의 경험도, 지구의 지식도 전혀 소용이 없었다.

발레리에 대공이 어떤 성격의 인간인지조차 모르는데, 대책 따위를 어떻게 짜낼 수 있을까!

'난 그냥 내 은인인 줄만 알았지!!'

한번 환상을 가졌더니 그게 잘 깨지지 않은 것도 한몫했다. 발레리에 대공이 방랑 엘프들을 잡아다 귀를 자르고 노예로 판다는 라푼젤의 증언을 들었음에도 그 환상이 다 깨지지는 않았던 것 같았다.

"에잇, 그냥 물어보자!"

원하시는 게 있다면 말씀해 주십시오. 저희가 제공해 드릴 수 있는 거라면 뭐든 내어드리겠습니다.

그런 요지의 말을 되도록 예의 바르게 보이도록 휘황찬란하게 장식하고 있으려니 자괴감이 들었다. 이렇게 정리한 편지를 로렌은 라핀젤에게 보였다. 쓰기는 그가 썼어도, 명목상 라핀젤이 쓴 거로 되어 있어야 했기 때문이었다.

라핀젤은 로렌이 사력을 다해 쓴 편지를 시큰둥한 표정으로 읽었다.

"어때?"

"안 돼, 이거."

라핀젤은 로렌의 편지를 그에게 돌려주며 말했다.

"이렇게 말해봤자 그 사람이라면 하루 만에 답장을 이렇게 써서 보낼 거야."

라핀젤은 일필휘지로 써서 보여주었다.

자작령.

확실히 그랬다!

로렌은 자기 자신이 바보가 되어버린 게 아닐까 의심하고 말았다. 발레리에 대공을 적대한다는 것에 대해 스스로가 느

끼는 것보다 더 긴장하고 만 걸까? 전혀 평소의 로렌답지 않
았다.

"하는 수 없군."

라핀젤은 어째선지 기분 좋은 듯 부드럽게 웃으며 말했다.

"답장은 내가 쓸게."

"…확실히 네가 쓰는 게 지금의 내가 쓰는 것보다는 백만
배 낫겠군."

로렌은 현실을 담담히 인정하고, 라핀젤에게 맡겼다.

"그럼 거기 앉아서 기다려."

라핀젤은 로렌에게 그렇게 말했다. 마치 편지가 금방 써질
것처럼 말이다. 로렌은 그런 라핀젤의 태도에 의아함을 느끼
면서도 그녀의 말대로 앉았다.

그런데 편지는 금방 써졌다.

싫어.

내용은 그게 전부였다. 요약한 게 아니었다.

"…정말 이거면 돼?"

"지금 날 못 믿는 거야?"

다소 무례한 로렌의 질문에도 라핀젤은 화낼 것처럼 연기하
며 대꾸했다. 별로 진지한 태도처럼은 보이지 않지만 편지 자

체가 농담은 아닌 것 같았다.

하긴 대공을 더 잘 아는 건 라푼젤이다. 자기보다야 낫겠지. 로렌은 체념에 가깝도록 생각했다.

"그럼 이대로 보낸다?"

"그래."

라푼젤은 짧게 대답하고 다시 모건 르 페이와 놀기 시작했다. 최근 라푼젤은 모건 르 페이와 부쩍 친해졌다. 사실 그냥 직통 전화, 핫라인이라는 개념으로 모건 르 페이를 라푼젤에게 붙인 거였는데, 둘은 꽤 친해져 있었다.

'이런 생각으로 현실 도피를 할 때가 아니지.'

편지의 내용 자체가 로렌으로 하여금 현실 도피를 안 할 수 없게 만드는 게 문제였다. 그러나 다른 수가 있을 리 없었다.

로렌은 그 무례하고 단출하며 격의 없는 편지를 그대로 발레리에 대공에게 발송했다.

*　　　　*　　　　*

며칠 후, 답장이 돌아왔다.

알았어.

그 편지를 받아 든 로렌은 며칠 동안이나 환호성을 지르며 방바닥을 온몸으로 나뒹굴었다. 요 며칠 간 그가 받은 스트레스는 그를 그렇게 광인처럼 만들고도 남았고, 실제로 그렇게 되었다.

이제 한숨 돌렸다!

로렌은 그렇게 생각했다.

하지만 라핀젤은 답장을 받아 들더니 표정을 굳혔다.

"이 인간, 또 삐쳤네."

"뭐?"

라핀젤의 말은 로렌으로 하여금 발밑이 그대로 무너져 내리는 감각에 휩싸이도록 했다.

"다시 편지를 보내오는 일은 없을 거야. 기습을 하는 일도 없을 거고. 지금 당장은 괜찮을 거야. 그건 내가 보증하지."

라핀젤이 말했다.

"하지만 영원히 괜찮지는 않을 거야. 대비하는 게 좋겠어."

"애초부터 영원히 괜찮을 거라고는 생각도 안 했어."

시간을 버는 게 애초의 목적이었다. 라핀젤은 훌륭하게 그 역할을 수행해 냈다. 로렌은 그런 라핀젤이 고마웠다.

*   *   *

라핀젤 덕에 시간을 벌긴 했지만, 많은 시간을 번 건 아니다. 라핀젤도 그렇게 증언했고, 로렌도 그렇게 생각한다. 그러니 발레리에 대공과 맞서 싸울 만한 힘을 갖춰놔야 한다. 그건 별로 쉬운 과제인 건 아니었다. 하지만 불가능한 과제도 아니었다.

로렌은 반칙거리를 많이 가지고 있었다. 그리고 그는 지금 반칙거리 중 하나를 점검하러 갈 생각이었다.

"오랜만이야, 탈란델!"

그렇게 외친 건 스칼렛이었다.

"…흥, 드워프어를 할 줄 알게 됐군."

스칼렛을 본 탈란델이 불퉁하니 대꾸했다.

"아니, 그렇지 않아. 그냥 '오랜만이야'만 배운 거야."

"오랜만이야! 오랜만이야!!"

로렌의 말에 반응이라도 한 듯, 스칼렛은 앵무새처럼 외쳤다.

"그런 것 같군."

탈란델은 쓴웃음을 지었다.

"그래서? 어떤가?"

"제자라는 놈이 스승을 보고도 인사를 하기는커녕, 부려먹지 못해 안달이로군."

로렌의 말을 들은 탈란델은 미간을 잔뜩 찌푸리고 툴툴거렸다. 그러나 다음 순간, 그는 씨익 웃었다.

"정비는 끝났네. 언제든지 출발할 수 있어."

"정말인가?!"

"자네가 언제부터 내 말을 못 믿게 되었는지 모르겠군!"

탈란델의 그 말은 지극히 든든했다.

"하지만 연료가 부족해. 지금 넣은 연료로는 1시간도 못 움직이고 뻗을 걸세. 물론 한 가지 기능을 포기하면 48시간쯤 움직일 수 있겠지만, 핵심적인 기능을 빼놓긴 싫군."

탈란델의 말대로 핵심적인 기능을 빼놓아서야 이 방주의 전략적 효용성이 크게 떨어진다. 애초에 각인기예의 명성을 떨치는 게 목적이다.

하늘 정도는 날아줘야, 명성을 떨칠 만도 하다.

"추가로 주석을 구입해 오지."

"부탁하네. 그런데 로렌, 자네 그렇게 부자였던가?"

주석은 그리 싼 금속은 아니다. 금이나 은에 비해서야 쌀지 모르지만 같은 무게의 아연보다 10배, 철에 비해 100배 가까이 비싸다. 그런 걸 짐마차 단위로 훌쩍훌쩍 사오는 로렌의 재력을 궁금해하는 건 이상한 일이 아니었다.

"조금."

탈란델의 그 질문에 로렌은 다소 애매하게 대답했다.

그야 애매할 만도 했다. 그는 지금 자작령의 영지를 굴리는 입장이지만 그 돈은 로렌 개인 소유의 돈이라고 하기엔 애매했기 때문이다.

물론 다른 영주들이나 이 시대의 사람들은 영지의 돈이 영주의 돈이라고 생각하므로 그 사람들 입장에서 생각하자면 로렌은 굉장한 부자가 맞았다.

하지만 로렌의 경우는 약간 특수한 경우로, 실질적으로 전권을 맡은 건 로렌이지만 대외적인 영주는 라핀젤이다. 그러니 자연히 로렌 본인의 자금과 라핀젤 자작령의 자금을 분리해서 생각하게 되었다.

지금부터 사러 갈 주석이야 영지 방어를 위한 전략 자원이니 구입 비용은 당연히 영지의 금고에서 나간다. 그러니 별 부담 없이 사들일 수 있다. 애초에 자작령에는 주석 광산이 몇 개 있고, 채굴권은 영주의 소유이므로 생산되는 걸 그냥 가져와도 되고.

하지만 탈란델이 다른 요청을 한다면 이야기가 조금 달라진다. 로렌 본인의 부담이 될 가능성이 높기 때문이다. 그렇기에 로렌은 자신의 재력에 대해 애매하게 대답할 수밖에 없었다.

'이걸 다 설명해 줄 수도 없는 노릇이니까.'

로렌이 무슨 생각을 하는지 알 도리 없는 탈란델은 그 대답을 듣고 껄껄 웃었다.

"안심하게! 지금 와서 수업료를 내놓으라고 하진 않을 테니.

그냥 사다주는 주석이나 고맙게 받도록 하지."

"그러시게나."

"그러시게나."

멍하니 있던 스칼렛이 지금 생각났다는 듯 로렌의 말을 따라 했다. 그걸 들은 탈란델은 다시 한 번 껄껄 웃었다. 로렌도 마주 웃었다. 웃을 만한 기분이었다.

*　　　*　　　*

"방주의 무장 상태는 어떤가?"

"음? 무장? 다 복구해 놓긴 했네만 대부분이 포라 무용지물일 거야. 지금 시대에 흑색 화약을 만들 수도 없는 노릇이니."

의외이게도 탈란델은 화약에 대한 지식도 가지고 있는 모양이었다. 하기야 각인기예가 새겨진 포를 정비해 냈으니, 자연스럽게 알게 되었을지도 모른다. 이전부터 알고 있었을지는 다소 의문이지만, 로렌도 그런 걸 일일이 물어볼 생각은 없었다.

"그런데 로렌, 자네는 이 방주를 전쟁에 쓸 생각인가?"

"그렇네. 반대하나?"

"자네가 말한 무대라는 게 전쟁이었군. 하기야 그럴 테지."

탈란델은 복잡한 심경을 드러내며 한숨을 푹 내쉬었다.

"반대는 안 하는 게 아니라 못 하네. 애초에 이 유적의 소유권은 자네의 것이 아니던가?"

"그렇지. 내게 다른 선택권은 없어."

이 방주가 없으면 로렌은 발레리에 대공에 대해 저항을 해볼 의지조차 버렸을 것이다. 그냥 자작령을 얌전히 내놓고 대공령에서나마 로어 엘프를 해방시켜 달라고 진언해 보는 게 전부였을 터였다.

전장에서 신무기는 화력 이상의 효과를 발휘한다. 적에게 충격과 공포를 주어 사기를 떨어뜨리기만 해도 전장의 흐름을 바꿔놓을 수 있다. 로렌이 이 방주에 기대하는 것도 그런 효과였다.

"반응을 보니 침략 전쟁을 할 생각은 아닌 것 같군."

"그래. 있는 거라도 잘 지켜야지."

로렌은 고개를 끄덕이며 말했다.

"그리고 그러기 위해서는 포들을 사용할 수 있게 만들 필요가 있어."

"뭐? 말했잖은가, 포는 문제없지만 화약이 없어서 포탄을 못 만들어."

"화약 없이 포탄을 만드는 방법을 강구해 봤네."

"헤에, 마법사는 그런 것도 가능한가?"

반응은 별로 안 좋았다. 사소한 오해 때문이었다. 로렌은 그 오해를 풀어줘야겠다고 마음먹었다.

"마법사가 아닐세. 마법사는 그런 걸 못하지."

"그럼?"

"각인기예일세."

"…뭐?"

탈란델의 눈이 반짝 빛났다. 그럴 줄 알았다. 로렌은 회심의 미소를 지었다.

*　　　　*　　　　*

로렌이 만든 포탄 설계도를 본 탈란델은 태어나서 아이스크림을 처음 먹어본 어린애처럼 눈을 반짝거리고 있었다.

"과연! 화약의 역할을 각인기예로 재현하는 거로군!!"

이토록 병기 개발에 마음을 빼앗기다니, 전쟁을 반대하던 조금 전의 탈란델은 어딜 간 건지. 그렇다고 로렌은 탈란델에게 실망하지는 않았다.

"화약하고는 달리 포를 쏠 수 있는 건 각인기예를 이해하고 있는 자뿐이라는 게 조금 걸리기는 하지만……."

"그게 좋은 점이지. 그게 최고로 좋은 점이야."

탈란델은 고개를 끄덕거렸다.

"각인기예를 익힌 놈들 중에 나쁜 놈은 없으니, 이 병기가 악용될 일도 없을 거 아닌가!"

로렌은 그런 탈란델의 말을 군이 부정하지는 않았다. 부정해 봐야 뭐가 되겠나. 지금 이 자리에 각인기예를 익힌 건 탈란델과 로렌뿐인데, 탈란델의 말을 부정하려면 로렌이 '내가 나쁜데?'라고 해야 한다. 그럴 이유가 없었다.

"어쨌든, 만들 수 있겠나?"

"그럼! 나만 믿게!! 다만……."

"다만?"

"구리를 좀 구해다주게. 아, 아연도."

결국 세상은 돈이었다.

그리고 로렌에게는 예산이 있었다.

＊　　　　　＊　　　　　＊

에드워드 백작은 조카인 헨리 준자작령에 쳐들어온 적들을 대강 정리해 냈고, 한숨을 돌린 상황이었다.

그 자신은 그저 조카를 보호하기 위해 움직였을 뿐이었는데, 주변 환경이 이상해져 있었다.

주변 영주들이 어느새 자신들을 에드워드 파라고 명명하고 붙어 있었고, 에드워드 백작은 그 수장이 되어버린 것이다. 더군다나 상대편이 강력한 기사이자 영주인 리처드 남작 파였다.

객관적인 전력 비교로는 백작이 우위이지만 리처드 남작은 상대하기 껄끄러운 적이었다. 리처드 남작은 적 영주의 머리를 깨는 게 취미인 싸움광이었다.

기사 특유의 단단함을 바탕으로 상대 영주를 노리고 직선으로 달려와 전투용 망치를 휘둘러대는 무모하지만 위협적인 전술을 선호했다.

전장에서 무모함은 죽음으로 이어진다지만, 리처드 남작은 지금까지 연전연승을 기록해 왔다. 언젠가는 깨질 기록이지만 백작은 굳이 본인이 자신의 손으로 그 기록을 깨고자 하는 생각은 없었다.

에드워드 백작 본인은 이런 골치 아픈 상황에서 얼른 벗어나고 싶어 했다. 헨리 준자작령이 안전해진 지금이 발을 뺄 적기였다. 적들은 전의를 잃었고, 항복 문서에 얼른 서명할 것이다.

발레리에 대공으로부터 편지가 날아온 때가 이때였다.

야, 전쟁 준비해라.

굉장히 짤막한 편지였다.

이 편지를 본 순간, 에드워드 남작의 위장에 구멍이 뚫렸다. 원인은 스트레스였다.

"발레리에 대공이 원래 이런 성격인 건 알고 있었지만, 이런 밑도 끝도 없는 편지라니."

에드워드 백작은 그렇게 중얼거리고, 바로 펜을 들어 답장을 쓰기 시작했다.

알겠습니다.

에드워드 백작은 정답이 뭔지 알고 있었다. 괜히 토 달았다가 속 좁고 옹졸한 데다 뒤끝까지 긴 발레리에 대공의 기분을 거스르면 어떻게 될지 몰랐다. 명분이 없으면 군사 행동을 일으키지는 않겠지만 어떤 술수로 곤경에 빠뜨릴지 가늠도 안 됐다.

애초에 백작더러 전쟁을 준비하라는 명령 자체가 누군가를 엿 먹이기 위해서일 가능성이 대단히 높았다.

'누군지 몰라도 불쌍하군.'

대공에게 답장을 보내고, 헨리 준자작령에서 군대를 철수시킨 에드워드 남작은 다시 군대를 준비하기 시작했다. 발레리에 대공이 자신의 군대를 어디다 쓸지는 몰랐지만, 어쨌든 준비하는 척이라도 해야 했다.

화풀이로 항복하러 온 영주들에겐 원래 계획보다 전쟁 배상금을 더 거하게 뜯어냈다. 다소 반발이 있을지도 모르지만 그런 걸 신경 쓸 이유가 없었다. 존 준자작의 후계자가 자신의 조카인 헨리 준자작인 것도 몰랐던 놈들이다. 별 위협은 되지 않을 터였다.

*　　　　*　　　　*

로렌은 발레리에 대공의 '뒤끝'이란 걸 경험했다. 그 뒤끝의 내용은 다음과 같았다.

라핀젤 발레리에 넬라 자작은 이제 더 이상 내 딸이 아니다! 본래 양녀로 받아들인 아이이나, 나는 지금 이 시간부로 친권을 거둬들이겠다. 라핀젤 자작의 이름은 라핀젤 넬라 자작이 될 것이며, 나 발레리에 대공과는 아무런 관련이 없는 자가 될 것이다.

"이런 식으로 나오는군."
발레리에 대공이 변경 지역 전체에 돌린 공문을 입수한 로렌은 갑작스럽게 찾아온 편두통에 관자놀이를 손가락으로 꾹꾹 눌러대었다.
"말했잖아, 삐쳤다고."
라핀젤 발레리에 넬라 대공 영애, 아니, 이제 라핀젤 넬라가 된 소녀가 웃는 얼굴로 말했다.

"그래도 이렇게 극단적인 수를 쓸 줄은 나도 몰랐어."

라핀젤의 표정이 도로 심각해졌다.

"명분 없이는 움직이지 않는다며? 친권 박탈의 명분은 뭐야?"

"이건 그냥 가족사니 이유는 밝히지 않겠다고 하더라?"

과연. 가족사에 명분 같은 건 필요 없는 건가.

그야 그렇긴 하다. 로렌은 관자놀이를 누르던 손가락을 떼며 한숨을 내쉬었다.

이 공문이 의도하는 바는 명백하다.

—이제 라핀젤 자작령에 내 배경은 없으니 마음대로 선전포고를 해라!

발레리에 대공은 라핀젤이 자작령을 자신에게 넘기지 않은 것에 앙심을 품고, 그럼 어디 혼자 힘으로 지켜내 보라고 이런 공문을 돌린 것이리라. 그리고 눈치 없는 어느 영주가 자작령을 침략해 점령하면? 명분을 만들어서 대공이 직접 자작령을 점령하러 올 것이다.

발레리에 대공의 실체를 아는 영주라면 쉽게 움직이지는 않을 것이다. 돈 들여서 군대를 일으켜 봐야 발레리에 대공한테 빼앗길 게 빤한 전쟁이다. 누가 전쟁을 걸겠는가? 그러니 자작령이 지금 당장 전쟁의 업화에 휩싸일 일은 없긴 할 터였다.

하지만 이건 지나치게 낙관적인 전망이다. 발레리에 대공이라면 다음 수를 곧 준비해 올 테니까.

로렌이 이렇게 생각하는 게 아니라, 라핀젤이 이렇게 말했다. 그리고 발레리에 대공의 행동 예측에 있어서는 라핀젤을 믿는 게 맞았다.

"전쟁 준비를 해야겠군."

"지금까지도 실컷 했으면서."

"그야 그렇지만."

항상 최악의 상황을 상정하고 움직이는 버릇 덕에 지금 자작령은 무방비라 할 상태는 아니었다. 그렇다고 지금 당장 전면전을 벌일 수 있는 상황이라는 건 아니지만. 그러므로 이제부터 로렌이 해야 할 일은 전면전에 대비하는 것이었다.

전대 클레멘스 자작이 남겨놓은 자금이 많긴 하지만 한계가 있다. 대학을 짓고 병영을 올리느라 소모한 값도 있고. 그 시설들에는 즉시 전력을 뽑아낼 수 있는 기능은 없었다.

"용병을 사와야겠군. 지금 용병 비싼데."

결국 용병을 사오는 게 답이었다. 문제는 변경 지역 전체가 전란에 휩싸여 있어서 용병들의 몸값이 천정부지로 뛰어올랐다는 점이었다.

"아, 골치 아파."

발레리에 대공의 뒤끝은 이렇게도 효과적이었다.

더 큰 문제는 이걸로 끝날 리 없다는 점이었다.

이번 수는 자칫 잘못하면 발레리에 대공의 자작령 침공까지 염두에 둬야 할 포석이었다. 양녀라고는 하지만 자신의 자식이 통치하는 곳에 군대를 보내는 건 발레리에 대공으로서도 부담스러우니 미리 친권을 회수한 거라고 봐야 했다.

그거야 염두에 두고 움직이기는 했지만, 지금 당장의 문제를 해결하면서 발레리에 대공의 공세까지 대비하는 건 현실적으로 불가능했다.

용병은 즉시 전력으로는 작용하지만 향후 전망엔 조금도 도움이 안 되는 외부 세력이다. 용병 같은 것에 영지의 자원을 소모하고 있노라면 미래를 대비하는 건 불가능했다.

"…미리미리 움직여야겠어."

고민하던 로렌은 결국 묻어둔 수 몇 개를 풀기로 했다.

현실적으로 해결이 불가능한 문제들이 산적해 있으니 사기와 협잡, 반칙 모두를 동원하는 수밖에 없었다.

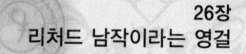

26장
리처드 남작이라는 영걸

리처드 남작에게도 발레리에 대공의 편지가 날아와 있었다.

야, 전쟁 준비해 둬라.

리처드 남작은 픽 웃었다. 그리고 편지를 와그작 소리 나게 구겨 버렸다.

오랫동안 기사 수업을 쌓던 리처드 남작은 귀족 사회의 생리에 대해 잘 몰랐다. 그러니 직접 돌진해 상대 진영의 지도자, 영주의 머리통을 직접 망치로 깨부수는 짓도 할 수 있는 것이긴 했다.

그런 리처드 남작이니 발레리에 대공의 실체에 대해서도 모르는 게 당연했다.

"지가 뭔데 이래라저래라야? 전쟁 준비는 무슨, 지금 전쟁 중인 거 안 보이나?"

발레리에 대공의 편지를 모닥불에 집어던진 리처드 남작은 그걸로도 분이 풀리지 않은 건지 침까지 퉤 뱉었다. 그러고선 펜을 들어 일필휘지로 답장을 갈겨썼다.

알겠습니다.

"전쟁 준비를 열심히 해서 네놈 뒤통수를 갈겨 버리겠다고 전해라!"

물론 그런 내용을 직접 편지에 적지는 않았다. 편지를 전해 온 전령에게 말하지도 않았고. 제아무리 무골에 귀족 기준으로 몰상식적인 리처드 남작이라 한들 눈치가 있었고 머리가 있었다.

그리고 뒤통수는 상대가 꿈에도 생각 못 할 때 날리는 게 제 맛이다. 그 맛을 볼 생각에 리처드의 입가에 절로 미소가 아로새겨졌다.

　　　　*　　　　　*　　　　　*

　로렌의 지난 생인 로렌 하트의 시대에 리처드 남작만큼 유명한 몰락 귀족도 없을 것이다. 그는 계란으로 바위 깨기가 무엇인지 장절하게도 보여주었다. 무려 발레리에 대공에게 대항해 전쟁을 일으킨 전국 6걸 중 하나였으니.

　남작으로 시작해 자유 기사가 되었다가 용병 대장으로까지 떨어진 그의 인생 역정은 음유시인의 노래로 오르내리다가 후대에는 소설로까지 출판되었다.

　발레리에 대공의 반간계에 당해 몰락하기는 했지만 그 일신의 무위는 하늘을 뚫어 파천황(破天荒)의 경지에까지 올랐으니 이야기의 주인공으로 이보다 더 적합한 이가 없으리라.

　그리고 이게 그저 이야기에 지나지 않는 것이 아니라, 현실에 존재하는 전설임은 리처드는 이미 증명했다.

　처음 리처드 남작에게 선전포고를 해 시련을 안겨준 존 준자작은 패배를 생각조차 못 했을 것이다. 존 준자작 휘하의 일만 용병대가 개미 떼처럼 새까맣게 몰려가는데, 그에 대항하는 리처드 남작의 전력이라고는 불과 일백의 기사단이었으니.

　그러나 리처드 남작은 그저 일신의 무력만으로 100배의 전력 차를 극복해 냈다.

일만의 용병대를 뚫고 혼자 돌진해 존 준자작의 머리를 깨 버린 것이다.

돈 줄 사람이 죽었으니 싸울 이유가 없는 존 준자작의 용 병대는 순식간에 와해되었고, 그것이 리처드 남작의 전설적인 첫 승리로 기록되었다.

"그러니까 지금 이 시대에도 리처드 남작은 말도 안 되는 무위를 자랑하고 있다는 거지."

로렌은 그렇게 결론을 내렸다.

"하지만 리처드 남작과의 동맹이 잘될까? 내가 듣기론 그는 야인이나 다름없어서 귀족으로서의 기본적인 예법은커녕 외 교의 기본조차 모른다고 하던데."

라핀젤의 걱정은 타당했다. 로렌도 가능하면 리처드 남작 과 엮이고 싶지 않았다. 하지만 상황이 상황이다 보니 도박수 라도 써야 했다.

"왜냐하면 내 지난 생에서 발레리에 대공의 머리를 깬 게 리처드 남작이거든."

전쟁에선 졌지만 전투에선 이겼다.

이 한 문장으로 요약되는 게 리처드 남작과 발레리에 대공 의 마지막 전투였다.

발레리에 대공의 술수에 휘말려 동맹은 해체당하고 자신의 영지를 비롯해 모든 세력 기반을 잃어버린 데다 남작위는 물론 기사 작위까지 빼앗겨 일개 용병대장으로 떨어졌지만, 그는 결국 자신의 손으로 직접 발레리에 대공의 머리를 깨버렸다.

그 최후의 전투에서 리처드도 죽어버리지만 그래서 더더욱 전설적인 영걸로 이름을 남기게 되었다.

발레리에 대공을 은인으로 여겼던 지난 생의 로렌 하트는 리처드 남작이 천하의 영걸이란 소릴 들을 때마다 눈살을 찌푸리고 혀를 찼지만, 그건 지난 일이다.

지금의 로렌은 발레리에 대공과 대적할 각오를 해야 했고, 그렇다면 리처드 남작과의 동맹도 생각해 봐야 했다.

"너무 걱정하지 마. 잘되겠지."

하지만 로렌 본인도 불안했다.

지난 생의 기억이 있다지만 리처드 남작에 대한 정보는 단편적이다. 그 성격을 제대로 재단해 낼 수 없다는 의미였다.

게다가 리처드 남작은 지난번의 일이긴 하지만 그 발레리에 대공을 죽인 남자다. 발레리에 대공 군에 고위 마법사가 없을 리 없을 텐데 머리를 깨부쉈다는 건 마법에 대해서도 상당한 내성을 지니고 있다는 소리였다.

만약 리처드 남작이 로렌에게 살심을 품게 되고, 결국 맞붙게 된다면 로렌은 살아남을 수 있을까? 그 의문에는 회의적인 답밖에 나오지 않았다.

'그래도 별수 없으니.'

로렌은 라푼젤에게는 최대한 불안감을 숨긴 채 웃으며 말했다.

"잘될 거야."

"좋아, 그럼."

라푼젤이 말했다.

"나도 같이 가."

"뭐?!"

로렌은 놀라 되물었다. 하지만 라푼젤의 말투는 어디까지나 평안했다.

"사실이야 어떻든 대외적으로는 넌 일개 비서관이야. 동맹을 맺는데 일개 비서관만 보낼 순 없잖아? 내가 직접 가는 성의라도 보여야지."

"안 돼, 위험해."

로렌은 자기도 모르게 본심을 털어놓았다.

"위험하다면 더더욱."

그러자 라푼젤의 눈빛이 날카로운 섬광을 뿜어내었다.

"너만 보낼 순 없어."

"……."

로렌은 라푼젤의 의지를 꺾을 수 없음을 깨달았다.

*　　　　*　　　　*

리처드 남작과 조우한 건 말 그대로 우연이었다.

길을 가다가 전쟁 중인 두 세력을 발견했고, 그중 한 세력이 리처드 남작의 군대였다.

로렌과 라핀젤은 리처드 남작의 영지를 향해 가고 있었는데, 여긴 리처드 남작의 영지가 아니었다. 리처드 남작령과 라핀젤 자작령은 절벽 윗길을 통해 연결되어 있었고, 로렌이 리처드 남작을 발견한 건 절벽 아래쪽의 평야 지대였다.

절벽 아래 멀리 있는 군대가 리처드 남작의 군대라는 것을 식별할 수 있었던 이유는 간단하다. 지구 역사의 고대 마케도니아 제국 알렉산드로스 대왕처럼 기사단의 최첨단에 서서 적진에 파고드는 기사가 보였기 때문이다.

그렇다고 알렉산드로스 대왕처럼 망치와 모루 전법을 구사하고 있는 것도 아니었다.

그냥 돌진해서 머리를 깨부순다.

그런 단순 무식한 고대 시대의 전법, 아니, 차라리 선사시대의 싸움법이라고 하는 게 더 어울릴 방식으로 싸우는 건 이 변경 지역에서는 리처드 남작밖에 없었다.

"…미쳤군."

소문이야 들었지만 정말로 저런 식으로 싸울 줄은 꿈에도 생각하지 못했다. 소문이란 건 항상 과장되게 마련이고, 이 명제는 대체로 참이다. 그런데 지금 경우는 달랐다. 소문을 퍼뜨리는 호사가가 오히려 에이 설마, 하며 사실을 축소시켰다는 인상마저 들었다.

어느새 리처드 남작은 적진을 무인지경인 듯 헤집고 다니다가, 적 영주의 모습을 발견했다. 그러자 리처드 남작은 이 먼 곳에서도 들릴 정도로 큰 소리로 울부짖었다.

"머리 내놔라!!"

"히이이이익!!"

불쌍한 상대 진영의 영주는 그대로 등을 돌려 내빼기 시작했다. 지휘관이 그런 짓을 했다간 군의 사기가 바닥을 치니 일반적으로는 비난받아야 할 일이나, 로렌은 도저히 그를 비난할 수가 없었다.

바투르크로부터 기사의 공력으로 말을 튼튼하게 할 수 있다는 말은 들었지만 저 정도일 줄은 몰랐다. 리처드 남작의 말은 전설 속의 괴물인 것처럼 날뛰어 자신의 앞을 막아서는 적들을 짓밟고 있었다.

"저거 초식동물 아니었나? 저래도 되는 거야?"

라푼젤이 그렇게 말할 정도로 괴물 같은 말을 몰고 상대 영주를 향해 일직선으로 달려간 리처드 남작은 노호성을 터뜨렸다.

"죽어라!!"

빠악!

"히익!"

로렌은 자기도 모르게 비명을 내지르는 라펀젤의 눈을 가려주었다. 두개골이 빠개지고 뇌수가 흩날리는 그 광경은 보기 좋은 것이라곤 할 수 없었으니 말이다.

그걸로 전쟁은 끝났다. 저렇게 전쟁이 끝나도 되는 걸까? 하는 생각이 들었지만 실제로 끝나 버렸으니 어쩔 수 없었다.

"…저거랑 동맹을 맺겠다는 소리지, 지금?"

라펀젤이 질문을 던져왔다. 로렌은 한참 고민하다 그 질문에 대답했다.

"그냥 돌아갈까?"

*   *   *

그래도 이대로 빈손으로 돌아갈 수는 없었기에 로렌 일행은 리처드 남작의 군영에 방문했다. 방금 전에 전투를 끝낸 터라 군영에는 아직 전투의 흥분과 피비린내가 남아 있었다.

"누구냐!"

로렌 일행을 보고, 보초병이 그렇게 소릴 질러 막아섰다.

로렌 일행은 어떻게 보더라도 위협적으로는 보이지 않는다. 최소한도의 호위만 데리고 단출하게 왔다. 그럼에도 불구하고 이렇게 막아서는 이유는 이게 원칙이기 때문일 터였다.

선사시대의 싸움법을 쓰고 있는 군대치고는 꽤 군율이 잡혀 있는 것 같았다.

"라푼젤 넬라 자작님이십니다."

로렌이 나서서 라푼젤을 소개했다.

"라푼젤 넬라 자작님이시라고?"

보초병이 놀라 눈을 휘둥그레 떴다. 그러나 그것도 오래 가지 않았다. 로렌이 신분을 증명할 서류를 꺼내 건네자, 곧 미리 정해진 보고 체계에 따라 파발을 본진에 보내고 보초병은 정중하게 라푼젤 일행을 안내했다.

"여기서 조금만 기다려 주십시오."

안내받은 장소는 임시로 지은 천막이었다. 전장에서 화려한 응접실이나 차 따위를 기대할 수 있을 리 없으니, 라푼젤 일행은 군말 없이 안내된 천막 안에서 기다렸다.

"라푼젤 넬라 자작이라고?"

천막 밖에서 어디서 들어본 굵은 목소리가 들렸다. 리처드 남작의 목소리였다. 마지막으로 들은 그의 말은 '죽어라!'였다. 전장에서의 외침이긴 했지만 누구의 목소리였는지는 쉽게 구분할 수 있었다.

로렌의 표정이 긴장으로 인해 딱딱하게 굳었다. 라푼젤도 마찬가지였다.

천막을 열고 리처드 남작이 들어왔다. 굵은 선의 근육질 인간 청년이었다. 보기에 나이는 이제 20대 중후반일까. 소문에는 20살도 안 되었다고 하니, 소문이 사실이라면 노안인 셈이다. 얼굴을 잘 뜯어보면 미남일지 모르나, 근육질의 큰 체구 탓인지 호걸에 가까워 보였다.

"당신이 라핀젤 넬라 자작인가? 그 발레리에 대공의 양녀라는?"

단도직입적인 말투였다. 인사조차 없었다. 일반적인 귀족간의 만남이었다면 무례하다고 화를 내야 하는 상황이었지만, 라핀젤은 담담히 대꾸했다.

"제가 라핀젤 넬라 자작인 건 맞지만 이제 발레리에 대공의 양녀는 아닙니다."

"아, 부녀의 연을 끊었다고 했었나."

"네."

라핀젤의 대답을 들은 리처드 남작은 허허, 하고 헛웃음을 짓곤 자기 의자에 털썩 앉았다.

"날 직접 찾아온 영주는 처음 보는군. 내가 좀 무례하더라도 이해해 주기 바라오. 워낙 이런 거에 익숙하지가 않아서."

"처음 본다고요?"

로렌이 놀라 물었다가 입을 곧 다물었다. 영주 간의 대화에 일개 비서관이 끼어든 격이다. 무례가 아닐 수 없었다. 그런데 리처드 남작은 허허 웃어넘겼다. 자신의 무례에는 털털하지만 타인의 무례에는 민감한 부류는 아닌 것 같았다.

"그래. 다들 날 무서워하거든. 리처드 남작 파라고 있는 모양이던데, 난 그들 얼굴도 본 적이 없어. 얼굴을 보여줘야 말이지."

이해는 갔다. 로렌도 리처드 남작이 싸우는 걸 보고 그냥 돌아갈까 진지하게 고민했으니까.

"그런데 여기까지 무슨 일이지? 라핀젤 넬라 자작."

바로 본론이다. 라핀젤도 익숙해진 건지 더 이상 표정을 굳히지는 않았다.

"제가 발레리에 대공과 부녀의 연을 끊었다는 건 들으셨을 거라 생각합니다만."

"아, 그래. 그렇지. 들었어."

"그래서… 흠, 동맹을 제의하러 왔어요."

로렌은 놀라서 라핀젤을 바라보았다. 뭘 설명을 하려다가 그냥 끊고 결론부터 말해 버린 것이다. 외교적인 자리에서는 꽤나 결례인 화법이었으나, 리처드 남작은 화를 내기는커녕 흥미로운 듯 라핀젤의 얼굴을 들여다보았다.

"나랑 동맹을? 진심인가?"

"아니라면 여기까지 찾아오지도 않았어요."

"그야 그렇겠군."

리처드 남작은 껄껄 웃었다.

"좋아, 받아들이지."

"예?! 이렇게 쉽게……."

로렌은 자기도 모르게 입을 열었다가 다시 꾹 닫았다.

"내가 이것저것 재는 걸 잘 못해. 내 동맹군이랍시고 리처드 남작 파가 있는 모양인데, 얼굴도 못 본 놈들을 믿을 수가 있나? 어차피 그냥 떡고물 좀 받아먹겠다고 지들끼리 멋대로 선언한 거고, 언제 뒤통수를 칠지 모르는 놈들인데."

리처드 남작은 로렌의 실례에도 화를 내기는커녕 웃는 낯으로 이야기했다.

"그런 의미에서 내 얼굴을 직접 보러 온 라푼젤 넬라 자작은 신용할 만한 축에 속하지. 적어도 나하고 동맹 맺자는 제안을 하러 오기는 했으니까. 멋대로 누구 편이니 소리만 지르는 놈들에 비하면 훨씬 나아."

사실 이번에는 로렌은 자기도 모르게 입을 연 건 아니었다. 계산을 하고 한 행동이었다. 자신이 물어보면 리처드 남작이 이유를 이야기를 해줄 거라고 말이다. 나름 용기가 필요한 행동이었지만 계산대로 되었다.

"일주일 후에 주변 영주들에게 공문을 돌리고 우호 선언을 하도록 하지."

"네, 그럼 앞으로 잘 부탁드려요."

라푼젤은 손을 쑥 내밀어 리처드 남작에게 악수를 청했다. 리처드 남작은 내밀어진 손을 눈을 크게 뜨고 바라보더니, 너털웃음을 터뜨리고 손을 맞잡았다.

"좋소! 나도 잘 부탁하오, 라푼젤 넬라 자작!!"

*　　　*　　　*

동맹 결성을 축하하는 의미에서 리처드 남작은 약소하나마 연회를 열어주었다. 군영(軍營)에서 뭐 맛있는 게 나오겠냐며 별 기대를 하지는 않았지만 의외로 맛있는 요리가 나왔다.

쇠고기 구이였다. 그냥 석쇠에다 쇠고기를 구워놓은 것은 아니고, 굽기 전에 특별한 기름을 발라 구워 튀김 같은 식감을 약간 내고 소스를 발라낸 정찬이었다.

워낙 맛이 좋아 이거 요리 이름이 뭐냐고 물어봤더니 리처드 남작이 직접 대답했다.

"소 한 마리다."

"소 한 마리요?"

그게 요리 이름이 맞냐는 질문이 이어지기 전에 리처드 남작이 고개를 끄덕이며 이렇게 설명했다.

"그래. 소 한 마리를 잡아서 나오는 걸 다 먹기 때문에 붙인 이름이지."

리처드 남작의 말이 끝나기도 전에 두 번째 접시가 나왔다. 첫 접시는 애피타이저였던 모양이었다. 쇠고기 구이가 애피타이저인 게 맞다면 말이다.

참고로 두 번째 접시도 쇠고기 구이였다. 다만 첫 번째 접시의 구이와는 다른 부위였고, 다른 방식으로 구웠으며, 다른 소스를 찍어먹으라고 따로 내놓아 완전히 다른 요리나 다름없었다. 공통점이 하나 있다면 쇠고기를 구웠다는 것과 맛있다는 점이었다.

훌륭한 맛이었다!

두 번째 접시의 맛에 놀라는 로렌의 표정을 흡족하게 바라보던 리처드 남작은 그와 시선이 마주치자 다시 '소 한 마리'에 대한 이야기를 계속했다.

"당연하지만 이것도 소 한 마리에 포함된다. 접시에 담긴 요리의 이름이라면 아까 것은 '첫 번째 접시', 이번 것은 '두 번째 접시'다."

"이런 식으로 각각의 부위를 다 구워 먹는 겁니까?"

"그래. 다 구워 먹는 건 아니다. 구이를 먼저 먹고 나면, 다른 부위도 각각 맞는 방식으로 조리하여 나올 거다."

리처드 남작은 이 '소 한 마리' 요리에 대단한 자부심을 가진 모양인지 자세하게 설명해 주었다. 그러다 문득 장난기가 들었는지 짓궂은 표정으로 이런 말을 덧붙였다.

"그래도 전염병 위험 때문에 몇 가지 요리는 이제 생략하지만 원래는 피랑 뇌수도 먹었어."

"피랑 뇌수요?"

뇌수는 몰라도 피는 먹어본 적이 있는 로렌이 눈을 휘둥그레 떴다. 그게 의외의 반응이었던 건지 리처드 남작은 흥미로운 듯 보다 문득 껄껄 웃었다.

"피랑 뇌수는 몇 시간만 지나도 위험해지니 못 먹지. 특히나 이런 군영에서는."

"아, 그건 그렇겠군요."

위생을 챙기기도 어려운 데다 피와 뇌수는 금방 상하니 어쩔 수 없는 일이다.

이 시대의, 그것도 이런 변경 지역의 인간이 오염이나 병균 같은 걸 신경 쓰는 건 신기했지만, 아마도 경험으로 습득한 지식일 것이다. 이 소 한 마리라는 요리가 리처드 남작의 가문에서 대대로 먹어온 요리라는 걸 알 수 있는 대목이었다.

"원래는 먹을 수 있다는 걸 알고 있는 것 같은 반응이로군?"

"네, 뭐."

한국의 선짓국을 김진우로서 먹어본 로렌이 그 질문에 고개를 저을 리 없었다.

"보통 피 먹는다고 하면 질겁하는데 말이야. 넌 좀 특이하군."

"자주 듣는 이야기입니다."

"그런가? 그렇겠군!"

리처드 남작은 껄껄 웃었다. 그가 처음에 놀랐던 건 로렌의 표정에서 혐오의 감정을 찾아내지 못했기 때문이었으리라.

"영지로 돌아가면 선지 요리를 대접해 줄 수 있지만, 지금은 힘들겠군. 그건 우리 병사들 중에서도 못 먹는 자들이 많아."

"병사들이요? 병사들에게도 고기 요리가 돌아갑니까?"

"물론. 소 한 마리는 다 같이 먹는 요리니."

리처드 남작은 별 이상한 소릴 다 한다는 듯 대꾸했지만 이건 대단한 일이었다. 보통 군영에서는 병사들에게 한 끼의 식사로 한 줌의 곡식과 약간의 소금만이 주어진다. 고기를 먹는 것은 가장 선봉에 서거나 위험한 작전에 참여하는 병사들뿐이다.

"병사들에게도 고기가 돌아가다니, 보급 형편이 좋은 것 같군요."

"전장에서만큼은 잘 먹어야 한다는 게 내 생각이라서."

요리를 맛있게 먹는 라푼젤을 바라보며 리처드 남작은 흡족한 듯 말했다. 이 사람도 다른 사람을 잘 먹이면서 흡족해하는 타입의 인간인 것 같았다.

그러다 문득 리처드의 시선이 로렌을 향했다.

"그런데 너는 뭐냐?"

"예?"

지금까지 이야기 잘 하다가 갑자기 시비를 거는 것 같은 리처드 남작의 말투에 로렌은 식겁했다. 혹시나 단칼에 베이는 게 아닐까, 불안해하는 로렌의 반응에 리처드 남작은 멋쩍은 듯 자신의 말을 보탰다.

"아니, 미안하군. 시비를 걸려는 게 아니라 정말로 궁금해서 물어본 거야."

"이름은 로렌, 라푼젤 자작의 제1비서관입니다."

그러고 보니 아직 통성명도 안 했다. 로렌이야 리처드 남작의 이름을 알고 있지만, 서로 이름을 알려주거나 하지는 않았다. 리처드 남작이 첫 자리에서 인사를 생략했기 때문에 일어난 일이었다.

그러나 리처드 남작은 로렌의 이름이나 직책 따위에는 관심도 없는지 듣는 둥 마는 둥 하고 자기 할 말을 계속했다.

"그런 걸 물어본 게 아니야. 네 몸에서 느껴지는 기운 말이야. 그걸 물어본 거야."

"기운 말입니까?"

기운. 리처드 남작의 입에서 나온 그 단어는 다소 모호했다. 기사인 리처드 남작이 로렌의 마력을 읽어낸 건 아닐 테니, 공력이려나. 로렌의 그 추측은 정답이었다.

"특이한 방법으로 공력을 쌓고 있구나, 해서."

"특이한 방법이요?"

의외인 말에 로렌은 놀라 그렇게 되묻고 말았다. 리처드 남작은 로렌이 쌓은 공력의 양뿐만 아니라 어떤 식으로 그 공력을 쌓았는지도 알아낼 수 있는 모양이었다.

'하긴 그런 능력도 없이 전장에서 천둥벌거숭이처럼 천방지축으로 날뛸 수는 없지.'

리처드 남작이 일견 무모해 보이는 돌진을 감행할 수 있는 건 적진에 자신을 막을 상대가 없음을 간파하는 능력이 있기 때문이었다. 그렇기에 그는 지금까지 살아남고, 승리해 온 것이리라.

"제가 어떤 방식으로 공력을 쌓았다는 것까지 아실 수 있는 겁니까?"

로렌은 자신의 추측을 확실히 하고자 다시금 그렇게 물었다. 그러자 리처드 남작이 역정을 냈다.

"질문이 많군! 대답은 언제 할 건가?"

무슨 질문에 어떤 대답을 하란 건지. 황당해진 로렌은 목을 내놓는 기분으로 그냥 따져 묻기로 했다.

"…그렇게 말씀하셔도 어떤 의도로 질문하시는 건지 잘 모르겠습니다만."

"그래? 흠……."

다행히 리처드 남작은 성을 내며 칼을 뽑지는 않았다. 대신

곰곰이 생각하더니 다시 입을 열어 이렇게 물었다.

"그래, 그럼 질문을 바꾸도록 하지. 네게 비의를 전수해 준 기사는 누구냐?"

"라핀젤 자작의 기사인 바투르크 경입니다."

"바투르크! …과연, 그래서……."

바투르크의 이름을 들은 리처드는 순간 깜짝 놀랐다. 하지만 곧 뭘 혼자 납득한 건지 리처드는 고개를 끄덕였다.

"바투르크가 라핀젤 자작에게 가 있을 줄은 몰랐군."

"바투르크 경을 아십니까?"

"응."

대답은 그걸로 끝이었다. 그 대답을 듣고 로렌은 스칼렛을 처음 만났을 때와 같은 답답함을 느꼈다. 이야기의 캐치볼이 아니라 이야기의 야구였다. 이쪽이 말을 던지면 족족 장외 파울로 넘겨대고 있다는 인상이었다.

'요리에 대해서 이야기할 땐 그렇게 열정적이었던 인간이…….'

"흠, 흠. 그래, 좋아."

리처드 남작은 혼자서 고개를 주억거리더니 다시 로렌을 바라보며 물었다.

"그런데 네 이름이 뭐지?"

진짜로 조금 전의 통성명을 귀담아듣지 않은 건지, 리처드 남작은 다시 로렌의 이름을 물었다. 로렌은 가슴속에서 올라오는 짜증을 꾹 참고 아무렇지 않은 듯 대답했다.

"로렌입니다."

"로렌이라. 좋아, 이것도 인연이다. 받아라."

리처드 남작은 그 솥뚜껑 같은 손을 들어 올리더니 로렌의 등을 팡 쳐주었다.

"억?!"

순간적으로 숨이 턱 막혔다. 고통이 전신을 내달렸다. 알 수 없는 기운이 로렌의 몸 안을 휘저어놓고 있었다.

"우, 우아아악? 컥!"

"로렌?!"

로렌이 고통에 몸부림치자 라푼젤이 놀라서 로렌에게 달려갔다. 이런 곳에서 부끄러움도 모르고 가슴속에 손을 집어넣다니! 아마도 엘리시온의 경이 파편을 사용하려는 것이겠지만 이런 곳에서 그런 걸 사용해선 안 된다.

로렌은 손을 들어 그녀를 막고, 그 자리에 주저앉아 가부좌를 틀었다.

"로렌?"

"기다리시오, 라푼젤 자작."

리처드 남작이 그렇게 말하자 라푼젤은 어이없는 표정으로 그를 올려다보았다. 라푼젤의 입장에서 보자면 리처드 남작은 가해자다. 가해자가 이런 말을 하다니? 라푼젤이 생각하기론 충분히 어이없어할 만했다.

그러나 로렌은 라푼젤을 말리거나 보듬어줄 여력이 없었다. 몸 안에서 날뛰는 기운을 제어하기에도 벅찼기 때문이었다. 몸 구석구석을 들쑤시고 다니던 기운을 어느 정도 갈무리하고 나니, 그제야 로렌은 자신이 무슨 짓을 당했는지 알았다.

로렌은 놀라서 리처드 남작을 올려다보았다.

"선물이다."

로렌의 시선을 받은 리처드 남작은 빙긋 웃어주었다.

두 사람 사이에 선 라푼젤만 황당함을 금치 못할 뿐이었다.

*   *   *

'미친! 미친! 미친! 미친!'

로렌은 속으로 욕설을 마구 해댔다.

"공력이 늘었어⋯⋯."

공력이 늘었다. 그것도 조금이 아니다. 로렌의 몸에는 지난 2개월 간 모아온 공력이 있다. 그 양을 기준으로, 자그마치 10년분의 공력이 갑자기 늘어난 것이다.

원인이라고는 하나밖에 생각나지 않았다. 리처드 남작이 그의 등을 팡 하고 한 번 쳐준 것. 그것 외에는 없다.

'진짜 괴물이었군.'

리처드 남작은 마법으로 치자면 로렌 하트급의 괴물이었다. 그러니 그날 처음 본 로렌에게 아무렇지도 않게 10년분의 공력을 넘겨줄 수 있었다.

공력을 넘겨줄 수 있다는 것도 충격적인데, 그것에 놀라기엔 늘어난 공력의 양이 너무 많았다. 그 통 큰 공력의 양에 이미 너무 심하게 놀란 나머지 다른 걸론 놀랄 수 없게 되어버린 것이다.

"제게 왜 이렇게까지 잘해주시는 겁니까?"

"응? 이렇게까지? 뭘?"

리처드 남작을 향한 로렌의 질문에 라핀젤은 고개를 갸웃거렸다. 그러고 보니 본인에게 일어난 일에 놀라 라핀젤을 이해시키는 단계를 건너뛰었었다. 로렌은 급히 라핀젤에게 말했다.

"자작님, 리처드 남작은 제게 10년의 수련을 쌓아야 얻을 수 있는 성과를 넘겨주셨습니다."

"10년의 수련? 좋은 거야?"

"좋은 겁니다. 매우!"

그제야 라핀젤이 조금 안심하는 기색이었다.

"장난 좀 쳤다가 동맹이 파기될 뻔했군. 미안하오, 자작."

"…아닙니다. 조금 놀라긴 했지만… 그런데 어째서 로렌에게?"

"그냥 변덕이오."

그냥 변덕으로 10년 치 공력을 넘겨주다니?

로렌과 라핀젤이 똑같이 의심스러운 눈으로 남작을 바라보았다. 곧 무례임을 깨닫고 시선을 거두기는 했지만 말이다. 남작은 겸연쩍은 듯 손을 내저으며 말했다.

"네게 넘겨준 공력은 내게 있어서는 먼지와도 같은 것이다. 마음 쓰지 마라."

10년 치 공력이 먼지라니. 로렌은 어이가 없었다. 하지만 곧 정신을 차렸다. 이 괴물 같은 리처드 남작의 입장에선 정말로 먼지일 수 있다는 생각이 들었기 때문이었다.

"…그래도 동맹 영주의 일개 비서관에게 베풀 호의는 아닌 것 같습니다."

"그건 그렇군."

리처드 남작은 로렌의 지적이 합당하다 여기고 고개를 몇 번 끄덕이다 다시 입을 벌려 말했다.

"네가 재미있어서야."

"재미있어서?"

"오크에게 가르침을 구하다니, 적어도 이 근방의 평범한 인간은 생각 못 할 일이지."

로어 엘프와 달리 오크는 노예 종족이 아니다.

하지만 아직도 많은 인간이 혐오와 경계의 시선으로 오크를 바라보고 있다. 그리고 자신들이 오크보다 우월하다고 믿고 있기도 하다.

자신보다 하등하다 여기는 존재에게 가르침을 구하는 건 쉽지 않은 일이다. 로렌 하트만 해도 절대 그런 짓을 하지는 않을 것이다. 아니, 그런 선택지가 존재한다는 것조차 떠올리지 못했다.

리처드 남작이 로렌에게 흥미를 갖게 된 건 로렌이 그런 세상의 선입관과 편견을 무시하고 오크에게 가르침을 구해 기사도를 수련하고 있기 때문인 모양이었다.

"하긴, 넌 라푼젤 자작의 비서관이지. 더 넓은 시야를 갖고 있어도 이상할 건 없었군."

"그게 무슨 의미입니까?"

"모든 인류의 해방과 번영이 꿈이라며?"

리처드 남작의 말에 그와 로렌과의 대화를 은근슬쩍 엿듣고 있던 라푼젤이 놀라서 눈을 휘둥그레 떴다.

그런 라푼젤에게 리처드 남작은 사뭇 진지한 목소리로 말했다.

"나는 그런 당신의 꿈을 지지한다. 당신처럼 그 이상을 위해 목숨을 던질 생각까지는 없지만 지지 정도는 할 수 있지."

"저는 별로 목숨을 던지거나 하지는……."

"목숨을 걸지 않았다고? 그런데 그레고리 남작령에 맨몸이나 다름없이 무방비로 걸어 들어갔나?"

리처드 남작의 질문에 라핀젤은 말문이 막혀 버렸다.

"당신은 그레고리 남작이 어떻게 움직일 건지, 그의 세 거 두 하이어드가 어떻게 움직일 건지, 당신의 사후에 발레리에 대공이 어떻게 움직일 건지 전부 계산했지. 그리고 이렇게 결 론을 내린 거야. 좋아, 죽자!"

리처드 남작의 분석은 정확했기에 라핀젤은 입만 뻥긋거리 다가 결국 아무 말도 하지 못했다.

로렌도 놀라 리처드 남작을 바라보았다. 세상에 그는 야만 인이자 사람의 머리를 부수는 것밖에 생각 못 하는 전쟁광이 라 알려져 있다. 그런데 이토록 정확한 판단력이라니!

리처드 남작은 자신에게 꽂히는 경악의 시선을 즐기다가, 다시 나이프를 들어 소 한 마리의 세 번째 접시의 고기를 썰 기 시작했다.

"그런데 당신은 살아남았지. 어떻게 살아남았는지는 잘 몰 라. 내 정보력이 그렇게 좋지는 않거든. 지금 내가 떠든 정보 들도 당신이 자작이 되고 나서 뒷조사를 한 끝에 얻은 것들이 고."

자신이 라핀젤의 뒷조사를 했다고 대놓고 말하고는, 리처드 남작은 아무렇지도 않게 고기를 입에 넣고 우물거렸다. 그러 다 다들 자신을 쳐다보자 그는 포크를 지휘봉처럼 휘저으며 말했다.

"음식들 들게. 식으면 맛없어."

"정말로 외교적 결례가 뭔지 모르는군요."

라핀젤은 한숨을 내쉬고는 나이프와 포크를 들었다. 그녀의 시선이 쇠고기에 꽂히자, 리처드 남작은 흡족한 듯 웃으며 말을 이었다.

"그런 건 상관없어. 중요한 건 내가 당신을 믿을 수 있는지, 당신이 날 믿을 수 있는지 이것뿐이야. 그래서 뒷조사를 했고, 그 조사 결과 내가 믿을 수 있는 몇 안 되는 영주가 당신이라는 결론을 내렸지."

동맹 제의를 하자마자 받은 건 그런 이유였나.

로렌은 뒤늦게 납득하며 고기구이를 우물거렸다. 하지만 라핀젤은 다른 생각인 모양이었다. 음식물을 급하게 꿀꺽 삼킨 그녀는 리처드 남작에게 물었다.

"절 믿을 수 있다고요?"

"그래."

리처드 남작은 포크를 내려놓았다. 그는 이미 접시를 비웠다. 다음 접시가 올 때까지 식기를 쓸 일이 없다.

"당신은 이미 손익으로 피아를 구분하지 않아. 이상을 위해서라면 자신의 목숨도 내어놓는 인간이 손익 정도로 흔들릴 리 없지."

다음 요리를 위해 물로 입안을 씻어내고는 리처드 남작이 다시 입을 열었다.

"내가 당신의 이상을 지지하고 앞으로도 대놓고 반대하지 않는 이상, 당신은 날 배신하지는 않을 것 아닌가?"

자리에 침묵이 내려앉았다. 그 질문을 부정하는 발언은 나오지 않았다.

              *   *   *

"리히텐베르크류 기사도는 다 좋지만 공력이 쌓이는 게 너무 느리지. 정상적인 방법을 쓴다면 네가 한 사람 몫의 기사를 하기까지는 30년은 걸렸을 거다."

외교에 관한 이야기는 이걸로 끝이라는 듯 리처드 남작은 난데없이 로렌에게 시선을 돌려 뜬금없이 그런 소릴 했다.

"예, 예?!"

그건 또 충격적인 이야기였기에 로렌은 리처드 남작을 올려다보았다.

30년!

10살부터 기사도 수련을 한다고 해도 다 마치고 나면 인간 기준으로는 장년이 되는 세월이다. 바투르크가 오크 제자들의 수명을 걱정할 만한 세월이기도 했다.

로렌이 뒤늦게 납득하자 리처드 남작은 재미있다는 듯 웃으며 말했다.

"하지만 일단 공력을 쌓고 나면 리히텐베르크류만큼 강한 기사도도 드물다. 바투르크에게 잘 배워두도록 해."

"…리처드 남작님의 기사도와 비교하면 어떻습니까?"

"내 기사도는 좋지 않다. 나니까 이 정도 하고 있는 거지, 다른 사람은 따라 하지도 못할 짓이야."

자학인지 자아도취인지 알 수 없는 소릴 하곤, 리처드 남작은 소 한 마리의 다섯 번째 접시인 고깃국을 후루룩 마셨다. 로렌도 따라 마셨다.

맛있었다!

육개장이나 장국과도 달랐고, 곰국이나 설렁탕 같은 맛도 아니었다. 고기와 뼈를 어떤 방법으로 그대로 녹여서 국으로 만들어놓은 것 같은 진한 맛인데, 고기 특유의 잡내나 비린내도 다 잡았다. 이렇게 진한데 쇠고기 뭇국 같은 시원한 맛이 느껴지는 것도 신기했다.

"대체 고깃국에다가 무슨 짓을 한 겁니까?"

로렌은 그렇게 물을 수밖에 없었다. 그냥 끓이거나 우려내는 것으로는 이런 맛이 나올 수가 없었다. 로렌으로서는 고깃국의 조리법을 상상해 내기도 힘들었다.

"맛있는 모양이로군."

로렌의 질문에 리처드 남작은 대답하지 않고 만족스러운 듯 웃었다.

"그 고깃국이야말로 소 한 마리의 가장 중요한 접시이지. 비결은 알려줄 수 없다. 하지만 그걸 마시면 공력 증진에 큰 도움이 될 거라는 걸 미리 말해두지."

리처드 남작의 말을 들은 로렌은 그릇에 남은 고깃국의 마지막 한 방울까지 핥아 먹었다. 그런 로렌의 모습에 리처드 남작은 너털웃음을 터뜨렸다.

"이제야 좀 어린애 같군."

"절 놀린 겁니까?"

"반반."

리처드 남작의 말에 로렌은 그를 노려보았다. 그러자 리처드 남작은 머쓱한 듯 이어 말했다.

"공력 증진에 큰 도움이 되는 건 사실이야."

"잘 모르겠습니다만."

"계속 먹으면 말이야."

반반이란 건 그런 의미였나. 로렌이 맥이 풀려 그릇에 시선을 떨어뜨리자 리처드 남작은 그를 달래듯 이어 말했다.

"하지만 넌 바투르크의 가르침을 받고 있으니, 그의 돼지를 먹을 것 아니냐?"

대체 돼지에 무슨 의미가 있기에 바투르크는 물론이고 리처드 남작까지 언급을 하는지 로렌은 궁금해 미칠 지경이었다. 하지만 그는 그런 의문을 입에 올리지는 않았다.

"바투르크 경에게 장원이 주어진 지 얼마 되지 않아 돼지는 아직 기르고 있는 중입니다."

"그렇군. 다 기르고 나면 연락 주게. 나도 맛을 좀 보고 싶으니."

"맛을 보면 어떻게 되는 겁니까?"

"질문이 이상하군. 맛을 보는 것 자체가 목적이거늘."

리처드 남작의 대답은 이치에 맞았지만 로렌의 호기심은 해소해 주지 못했다. 그래서 로렌은 더욱 끈질기게 물었다.

"공력 증진에 도움이 되는 겁니까?"

"그야 되겠지. 매우 큰 도움이 될 거야."

리처드 남작은 왜 당연한 걸 묻느냐는 듯 대꾸했다. 그러다 문득 로렌이 끈질기게 묻는 의도를 파악한 듯 다시 대답해 주었다.

"하지만 소화하는 법을 모른다면야 그냥 음식을 먹은 것에 지나지 않겠지."

"소화하는 법?"

"넌 리히텐베르크류 기사도를 익혔으니 그 기사도에 따라 소화시키면 될 거야. 적절한 때가 되면 바투르크가 가르쳐 줄 테니 너무 서두르지 말거라."

기사도에는 음식을 먹는 법이 따로 있는 것 같았다. 그것도 유파마다 다른 방식으로.

그제야 호기심을 해소한 로렌은 만족했지만, 곧 다른 의문이 떠올라 입에 올렸다.

"바투르크 경은 자신의 방법이라 말했습니다."

"오, 그래? 바투르크는 새 경지에 이른 모양이로군."

리처드 남작은 로렌의 말에 놀라 의자 등받이에 기대던 등을 떼어 상반신을 앞으로 굽히며 말했다.

"돼지가 다 크면 꼭 불러주게! 호기심이 돋는군."

"알겠습니다. 바투르크 경이 허락한다면."

"그거야 내가 동맹인 라핀젤 자작에게 부탁하면 될 일이다. 바투르크의 주인은 자작이니."

로렌과 달리 고깃국의 맛을 음미하며 한 스푼씩 떠먹고 있던 라핀젤은 입안에 있는 것을 비우고 스푼을 내려놓은 후 우아하게 대답했다.

"초대해 드리죠."

"이제 됐지?"

라핀젤의 허락을 받은 리처드 남작은 로렌에게 승리의 미소를 띠어 보였다.

"단."

그러나 라핀젤의 말은 아직 끝나지 않았다.

"당신이 로렌을 그만 놀린다는 전제 조건하에."

"응? 어… 그건 좀 힘들겠는데. …하는 수 없군. 좋아, 받아들이겠다."

한참을 망설이며 우물거리던 리처드 남작은 결국 식욕과 호기심에 진 건지 고개를 끄덕이고 말았다. 그러자 라핀젤은 로렌에게 부드럽게 윙크했다.

* * *

로렌과 라핀젤이 리처드 남작과 동맹을 맺으러 간 사이, 레윈은 자작의 집무실에 혼자 앉아 있었다.

로렌의 마법 스승이자 제자이고, 그가 전생 회귀의 주문으로 두 번째 생을 보내고 있다는 비밀을 아는 레윈은 당연히 자작령의 진짜 주인이 로렌이라는 점에 대해서도 잘 알고 있었다.

즉, 자작령에서 관리직을 얻게 되면 로렌의 부하가 되는 거나 다름없다는 것 또한 알고 있음에도 불구하고, 레윈은 별거리낌 없이 직위를 얻었다.

자작령의 집정관 직이었다.

당초 집정관 직분은 로렌의 것이 될 예정이었으나 전면에 나서기 싫다는 말로 거절하고 제1비서관에 머무르고 있었다.

명목상으로는 레윈이 로렌의 상관이 되는 셈이지만 둘 다 그런 건 신경 쓰지 않았다.

자작의 부재 시에는 자작령의 통치권까지 대리하는 강력한 권한을 갖고 있다. 달리 말하면 다른 후계가 없는 라핀젤이 죽게 되면 그가 명실상부한 자작령의 통치자가 된다.

다른 자에게 넘기면 라핀젤의 암살까지도 생각할 직분이기에 로렌이나 라핀젤로서는 신뢰할 만한 인물만을 임명할 수 있었다.

'그리고 그게 나지.'

레윈은 그 사실을 뿌듯하게 여겼다.

하지만 지금은 웃고만 있을 수는 없었다. 레윈은 다시 심각한 표정으로 자신의 손에 들린 편지를 내려다보았다.

본래 발레리에 대공의 명을 받아 라핀젤의 시위(侍衛) 임무를 수행하고 있었던 레윈이지만, 라핀젤 넬라가 발레리에 대공과 연이 끊겨 아무 관계가 아니게 된 후에도 자작령에 계속 머물고 있었다.

그리고 이건 명령 위반이기에 레윈은 그 행동에 대한 책임을 져야 했다.

넌 해고다.

그 책임이란 건 바로 이거였다.

해고. 해고당했다. 레윈은 이제 더 이상 발레리에 대공의 신하가 아니며, 발레리에 대공령에서 영향력을 발휘할 수 없게 되었다.

이 말인즉슨, 레윈이 더 이상 발레리에 대공령 대학과 도서관을 이용할 수 없다는 뜻이었다. 대공이 모아들인 마법과 마법사의 지식을 더 이상 배울 수 없다. 꽤나 뼈아픈 점이지만 자작령에는 로렌이 있다. 손익을 따지자면 약간 이익이기까지 하다.

하지만 중요한 건 이게 아니었다.

"…단단히 삐쳤군."

발레리에 대공이 개인적으로 직접 레윈에게 편지를 보내 해고를 통보했다는 게 중요하다. 즉, 대공이 개인적으로 레윈에게 악감정을 가지게 되었다는 것을 시사했다.

아무리 대공이라지만 대공령에 남아 있는 레윈의 가족을 아무런 명분 없이 건드리지는 않을 것이다. 아니, 아마 별 관심도 없을 것이다.

그러나 그의 '새로운 가족'인 로렌과 라푼젤은 대공의 악의에서 벗어날 수 없을 테니, 이게 가장 골치가 아픈 점이었다.

"에이, 나중에 생각하자!"

레윈은 대공의 자필 편지를 집무실 책상 서랍 안에 던져 버렸다.

"모건 르 페이, 로렌이나 라퓐젤에게서 다른 연락은 없어?"

지금까지 레윈이 히죽거리든 끙끙거리든 편지를 던지든 말든 아무 관심도 없이 찻잔 안에 앉아 찻물을 손으로 퍼 마시고 있던 모건 르 페이는 그 부름을 듣고서야 겨우 시선을 들더니, 고개를 두 번 흔들고는 다시 차를 마시는 일에 집중하기 시작했다.

조금 익숙해지기는 했지만 전에 본 적 없는 진귀한 인간형 생물인 모건 르 페이는 레윈에게 있어서는 아직까지도 친해지기 어려운 상대였다.

멀리 떨어져 있어도 로렌의 말을 전할 수 있고 이쪽의 말을 로렌에게 전해줄 수도 있다는 점은 신기했다. 모건 르 페이가 지금 그의 집무실에 앉아 있는 이유가 그것이기도 했고.

그래도 같이 일을 하는 사이다. 친해지기 위해서 좋아한다는 차를 타주었더니 반응이 가관이었다.

찻잔을 충분히 데워놓지 않았다고 화를 내질 않나, 찻물이 뜨겁다고 불평을 하질 않나, 그래서 찬물을 더 부어주었더니 격노를 하질 않나.

이쪽에선 나름 배려한다고 하는 건데 상대 반응이 이런 식이니 레윈으로서도 불편하지 않을 수가 없었다.

그래서 결국 서로가 서로를 무시하는 지금의 상황에 치달

게 되었다.

"…최악이잖아……."

이렇게 조그마한 여자아이와 감정싸움을 한다는 것 자체가 레윈에게 있어서는 수치스러운 일이었다. 제자인 알베르트에게 들키기라도 하면 레윈은 어디 멀리 도망칠 생각이었다. 산 넘고 물 건너서 아주 멀리까지 말이다.

"어휴."

한숨을 푹 내쉬고 있으려니 시선이 느껴졌다. 고개를 들자모건 르 페이의 고개가 휙 돌아갔다. 그녀도 지금 레윈과의관계가 틀어진 것에 대해 신경이 쓰이는 모양이었다.

'…귀여운 구석도 있군.'

그렇다고 이 작은 발견이 그들 사이에 어떤 계기로 발전하지는 않았다.

불편한 시간이 흘러가고 있었다…….

*　　　　*　　　　*

"우리가 동맹이 된 이상, 조금 더 흉금을 터놓고 정보를 교환할 필요가 있을 것 같군."

다섯 시간에 걸친 긴 식사 시간을 마치고, 리처드 남작은그렇게 말했다.

"어떤 정보를 원하시는지?"

"왜 발레리에 대공은 당신과 절연했지?"

"비밀이지만 알려 드리죠. 동맹이니까."

라푼젤은 그렇게 운을 떼고, 곧장 이어 말했다.

"자작령을 달라고 해서 싫다고 했어요."

"…그게 전부인가?"

"네."

멀뚱히 라푼젤을 쳐다보던 리처드 남작은 큰 소리로 웃음
을 터뜨렸다.

"아니, 실례했네. 그렇군? 그 편지의 목적은 당신네였군."

"그 편지라니요?"

"나도 비밀 정보를 하나 갖고 있어. 방금 전의 것과 교환하
도록 하지."

웃음을 멈추고, 리처드 남작은 진지하게 말했다.

"전쟁 준비를 하라고 하더군."

"그것뿐인가요?"

"그래."

"그렇군요."

리처드 남작은 라푼젤의 대답을 듣더니 그녀를 지긋이 바
라보았다.

"별로 놀라지 않는군?"

"예상했으니까요."

흠, 하고 자신의 턱수염에 손을 가져다 댄 리처드 남작은 이어서 이렇게 말했다.

"발레리에 대공에 대해 잘 아는군. 그렇다면 대공이 내게 전쟁 준비를 시킨 이유도 짐작할 수 있겠어?"

"당신을 충동질해서 자작령을 공격하도록 할 생각이었겠죠. 그리고 당신이 자작령을 정복하고 나면, 그걸 빌미로 군대를 움직여 당신을 멸하고 자작령과 리처드 남작령을 동시에 손을 넣을 생각일 거예요."

"나도 그렇게 생각한다."

리처드 남작은 고개를 끄덕였다.

"우호 선언을 서둘러 하려는 이유도 그런 이유였어. 발레리에 대공이 손을 쓰기 전에 얼른 우호 선언을 해버리면, 대공이 나한테 자작령을 침공하라는 소리도 안 할 거 같아서."

"훌륭하신 판단이로군요."

실제로 훌륭한 판단이었다. 명분으로 움직이는 발레리에 대공을 견제할 수 있는 건 역시 똑같은 명분이었으니까. 그리고 적절한 시기의 우호 선언은 명분으로 합당했다.

"칭찬 같은 건 됐어. 중요한 건 실익이지."

리처드 남작은 웃음 한 조각도 없이 라푼젤의 칭찬을 흘려보냈다.

"무역 상대를 원하시는군요."

"정확하다."

리처드 남작은 찬탄했다.

리처드 남작이 이 연속된 전쟁에서 얻은 전리품은 엄청날 것이다.

호기롭게 전쟁을 일으킨 영주들은 몰라서 그랬다 치지만, 그 후계자들은 리처드 남작의 무위에 대해 잘 안다. 그가 자신의 머리를 깨러 오길 바라지 않는 한, 후계자들은 항복 요구를 군말 없이 받아들였을 것이다. 그 항복에 응해주는 대가가 적을 리도 만무했고.

그 항복의 대가로 지불된 보상과 전리품 대부분은 금화나 곡식일 것이다. 남작은 그렇게 얻은 금화와 곡식을 남작령에 당장 필요한 자원으로 바꿀 필요가 있었다.

그런데 제대로 무역을 해줄 상대가 없었다.

"주변 영주들과 다 적대 관계를 맺는 바람에 무역을 할 상대가 댁네랑 에드워드 백작네밖에 남질 않았어. 정확히는 우리 영지의 전력이 약한 걸 보고 그네들이 쳐들어온 게 원인이지만, 전부 머리를 깨주었으니 이제 그런 걸 신경 쓰지는 말자고."

물론 항복한 영주를 상대로 조공을 받는 방법이 있기는 했다. 전쟁 보상금의 일부를 자원으로 받는 방법도 존재했다.

하지만 문제는 리처드 남작이 가진 무력의 특성에 있었다.

불과 100기의 기사대가 전부, 그것도 리처드 남작이 그 위력의 대부분을 감당한다. 전면전에서 상대 영주의 머리를 깨는 것에는 문제가 없지만, 적 영토를 점령하고 강제력을 발생시키기에는 부족하다.

무리한 요구를 했다가 반란군이라도 일어나서 정권이 뒤엎어지기라도 하면 당초에 약속된 전쟁 보상금조차 못 받는 일이 생길 수도 있다. 반란군 수괴의 머리는 바로 깨질 테지만 상대도 바보가 아니니 레지스탕스 활동을 벌일 것이다.

이런 시나리오로 간다면 두고두고 골치 아파지는 건 리처드 남작 측이었다. 이런 리스크를 떠안느니 동등한 관계에서의 무역이 속 편했다.

"그리고 이 전쟁의 시작은 존 준자작이 당신에게 선전포고를 했기 때문이고, 존 준자작의 후계인 헨리 준자작은 에드워드 백작의 조카니 백작과 당신이 좋은 관계를 맺을 수가 없죠. 그러니 남작령과 무역을 해줄 영주는 우리뿐인 거고."

이런 점은 로렌이 라펀젤에게 사전에 이미 모두 브리핑을 해둔 점이기에 라펀젤의 발언은 막힘없이 술술 나왔다.

리처드 남작이 소문대로 야만인에 전쟁광이라면 아무런 소용이 없는 약점이지만 교섭의 여지가 있는 상대라면 파고들만한 약점이었다.

그리고 대단히 다행스럽게도, 리처드 남작은 이성을 갖춘 교섭 대상이었다.

"음, 그래. 그렇지."

리처드 남작은 쓴 약이라도 삼킨 것 같은 표정으로 고개를 끄덕였다.

"그렇다고 저희가 당신의 약점을 파고들고 가격을 후려칠 생각은 없으니 안심하세요. 저라고 머리가 깨지고 싶지는 않으니까."

"아, 그래? 그건 다행이로군!"

리처드 남작은 너털웃음을 터뜨렸다.

"그래서 뭐가 필요하신가요?"

"소."

리처드 남작은 진지하게 대답했다.

"소가 필요해. 아주 많이."

"'소 한 마리'를 먹기 위해서인가요?"

"그래."

리처드 남작은 둘러댈 것도 없다는 듯, 바로 고개를 끄덕였다.

"나는 이대로 전쟁의 시대가 끝날 리 없다고 생각한다. 내 기사대를 더 강하게 만들 필요가 있어. 그리고 거기에 소는 필수 불가결한 귀중한 자원이다. 요즘 전쟁을 계속하는 바람에 영지에 소가 많이 줄어서 큰일이거든."

리처드 남작의 표정은 대단히 진지했다. 그리고 절박했다.
만약 평범 이상의 상재(商才)를 지닌 하이어드라면 지금의 리
처드 남작을 상대로 바닥까지 긁어낼 수 있으리라.

"…다음부터는 무역할 상대를 앞에 놓고 그렇게 패를 다 까
보이고 그러지 마세요."

라푼젤이 그렇게 충고하는 것도 무리는 아니었다. 하지만
리처드 남작은 호기롭게 웃었다.

"응? 아아, 그건 걱정할 필요가 없다! 세상 누가 내게 감히
바가지를 씌우겠어?"

그리고 그건 그의 말이 맞았다. 보통은 말이다.

"아뇨, 바가지를 써주셔야겠어요."

하지만 라푼젤은 말했다. 그것도 대놓고서.

"리처드 남작령에서 로어 엘프를 해방시켜 주시죠."

로렌이 말릴 틈도 없이 말이다.

*   *   *

"당신은 운이 좋아."

리처드 남작이 말했다.

"존 준자작이 내 영지로 쳐들어왔던 이유는 간단했다. 절대

적인 병력의 우위를 자신했기 때문이지."

역사에 길이 남을 일만 대 일백의 싸움이다. 이 변경 지역
에서 지금 이것보다 유명한 이슈를 찾기도 힘들 것이다.

"존 준자작은 일만의 용병을 거느리고 있었고, 우리 영지에
는 나라는 기사를 필두로 한 기사대밖에 없었다. 보통은 이런
일이 일어나지 않아. 전쟁이 일어날 것 같으면 영지의 하이어
드들이 영주에게 돈이라도 줘가며 용병을 고용시키니까."

리처드 남작은 이를 드러내어 보이며 웃었다.

"하지만 내 휘하에는 이 일백의 기사대밖에 없다. 이유가
뭘까?"

"하이어드들이 존 준자작의 승리에 돈을 걸었군요."

"목숨까지 걸었지."

가벼운 어투로 리처드 남작은 라핀젤의 말을 받았다.

"나라고 그레고리 남작과 상태가 그리 다르지는 않았어. 난
기사도밖에 모르는 바보였고, 그렇기에 나는 권력을 지킬 수
없었다. 실권은 모조리 하이어드들이 차지했지. 그리고 그 하
이어드들은 중요한 순간에 도망쳤다."

어딜 가나 매국노들이 하는 짓은 비슷한 모양이었다.

"그래서 지금 내 영지에서 로어 엘프를 해방시킨다고 감히
내게 반기를 들 세력 따위는 존재하지 않는다. 다 죽였거든.
죄목은 반역죄! 그놈들을 청소해 낸 걸 생각하면 존 준자작에

게 감사라도 하고 싶은 심경이야."

리처드 남작은 푸근하게 웃었다.

"그러니 라핀젤 자작, 나는 당신의 요구를 받아들일 수 있고, 받아들이겠다."

27장
로렌류

"성공적인 정상회담이었네."

라푼젤이 뿌듯하게 말했다. 이로써 얻을 건 다 얻었다. 리처드 남작령에서 로어 엘프를 해방시키기 위해 무역에서 조금 손해를 보긴 했지만 라푼젤의 궁극적인 목적을 생각하면 손해라고 볼 수 없었다.

리처드 남작령에서 로어 엘프가 해방됨으로써 이제 상당한 지역에서 로어 엘프가 시민권을 얻게 되었다. 그레고리 남작령과 라푼젤 자작령, 그리고 비브라함 준남작령. 발레리에 대공령을 제외하면 변경 지역의 1/4 정도가 로어 엘프 해방 지역이 된 셈이었다.

"처음 마음을 먹었을 때만 해도 이렇게 잘 풀리리라고는 상
상도 못 했는데."

라푼젤은 감회가 남다른 듯 그렇게 말했다.

"처음 마음을 먹었을 때라니, 목숨을 버리겠다고 마음먹었
을 때 말이야?"

"…그래."

로렌이 놀리듯 꺼낸 말에 라푼젤은 어째선지 우물쭈물 대
답했다.

"원래 역사대로 말이야."

"후……."

로렌은 푸근하게 웃어 보였다.

"널 살린 채 여기까지 온 것만으로도 돌아온 보람이 있어."

"으……."

라푼젤은 뭐 간지러운 거라도 참는 듯 양팔로 그녀 자신의
몸을 끌어안고 움찔거렸다.

"뭐야, 왜 그래?"

의아해진 로렌이 그렇게 묻자 라푼젤은 온통 붉어진 얼굴
로 삐친 듯 말했다.

"…너한테 자작령을 넘겨주면 마음의 빚을 어느 정도 갚을
수 있을 거라고 생각했는데 전혀 그런 것 같지 않아서."

"그런 걸 신경 쓰고 있었어?"

로렌은 키득거렸다. 그런 로렌의 반응이 기껍지는 않은지 라핀젤은 뚱하니 대꾸했다.

"신경이 안 쓰이면 사람이 아니지."

"신경 안 쓰는 사람도 많아."

"난 그런 사람 아니야."

"그렇구나. 그렇지."

주억거리는 로렌을 보며 라핀젤은 흥, 하고 고개를 픽 돌려 버렸다.

"어쨌든 돌아가자."

로렌이 그렇게 말하고 내민 손을 라핀젤은 보지도 않고 붙잡았다.

＊　　　　＊　　　　＊

자작령으로 돌아오면서 로렌은 기묘한 감각에 휩싸였다.

'공력이 회전하고 있어.'

시간 단축을 위해 하루 종일 말을 탄 것이 원인인 듯했다.

'아니, 아니지.'

가장 직접적인 원인은 역시 리처드 남작에게서 받은 10년 치의 공력일 것이다. 그 전에도 이미 말을 타고 강행군은 해봤으니, 변수라고는 공력의 절대치 정도였다.

왜 리히텐베르크류 기사도 검술 2장을 사용하고 있지도 않은데 공력이 회전하는지에 대해서는 로렌도 몰랐다. 하지만 그는 이미 쇠를 두들겨 공력을 쌓아본 적도 있고, 드워프 검술에 엘프 검술로도 공력이 쌓인다는 것을 안다.

승마는 전신운동이다. 처음에는 말을 타면서 말 위에서 몸을 어떻게 움직여야 하는지 몰라 몸이 굳어버리지만, 익숙해지면 별로 의식하지 않고 같은 동작을 반복하게 된다. 그리고 그 반복 동작이 공력을 운용하는 효과를 일으킨다고 해도 이상할 건 없었다.

문제는 그렇게 운용된 로렌의 공력이 말에게 흘러들어 가고 있다는 점이었다.

물론 이건 큰 손해였다. 공짜나 다름없이 얻은 공력이라지만 그렇다고 낭비할 생각 같은 건 없었으니. 그냥 공력이 빠지고만 있는 것이라면 로렌은 바로 말에서 내렸을 것이다.

하지만 그뿐만인 게 아니었다.

'조지 2세가… 강해지고 있어.'

로렌의 말인 조지 2세에게 공력이 스며들면서, 지쳐야 할 때에 지치지 않고 더욱 강한 힘으로 땅을 박차고 있다. 그리고 그 힘이 더 점점 강해지고 있음을 로렌은 직감적으로 알아차리고 있었다.

로렌은 바투르크에게서 기사가 강한 이유에 대해 들었다. 말을 튼튼하게 만들 수 있는 게 기사의 진정한 강점이라면 로렌의 지금 상황은 나쁜 게 아니었다.

그래서 로렌은 말을 멈추지 않고 계속해서 내달렸다. 그랬더니 또 다른 변화가 찾아왔다.

"······!"

조지 2세에게서 공력이 생성되어 로렌에게 돌아오기 시작했다!

"이, 이건······!"

로렌은 전장에서 리처드 남작이 탄 말이 어떻게 움직였는지 기억하고 있다. 창과 칼로 무장한 적들을 짓밟으며 무인지경처럼 나아가는 그 모습은 피와 살로 이뤄진 생물이 쉬이 보여줄 수 있는 게 아니었다.

처음에는 그것이 리처드 남작이 하해와 같은 공력을 자신의 말에게 퍼붓기에 가능한 것이라고 생각했다. 그런데 지금은 생각이 바뀌었다.

왜냐하면 불과 한두 나절 공력을 받은 것에 불과한 조지 2세가 지금은 로렌을 초월하는 속도로 공력을 쌓아내고 회전시켜 로렌에게 전달하고 있기 때문이었다.

변화가 일어나기 전까지 공력을 운용하는 주체는 로렌이었지만 지금은 아니었다. 조지 2세가 주도적으로 공력을 뿜어내 움직이고 있었다. 공력의 크기가 조지 2세 쪽이 높기 때문에 일어나는 일이었다.

'이것이 기사의 경지!'

로렌은 공력을 쌓고는 있었지만 사용하면 금방 사라져 버리는 탓에 용도가 한정적일 것이라 생각했다. 만약을 위해 항상 비축해 두는 금 같은 개념의 자원으로 생각해 왔다.

하지만 지금은 달랐다. 공력을 자신이 탄 말에 흘려 넣고 강화시킨 후, 강화된 말이 뿜어내는 공력을 돌려받는다. 이건 써서 없앤다는 개념과는 달랐다. 투자해서 수익을 되돌려 받는 개념에 가까웠다.

즉, 로렌의 속에서 공력의 개념이 '금'에서 '금융'으로 발전한 것이다.

'돈이 적으면 투자도 못 하지. 내가 써야 하니까. 하지만 여유분의 공력이 생기니 그만큼의 투자가 가능해지는군!'

로렌의 가슴에서 환희가 끓어올랐다. 배움과는 다른 깨달음의 쾌감으로 인한 환희였다.

'또 하나의 문을 열었다!'

로렌은 크게 웃었다.

"뭐야, 로렌. 왜 그래?"

같이 달리고 있던 라푼젤이 놀라 그렇게 물었지만, 로렌은 웃음을 멈추지 않았다. 이대로 웃으며 하루 종일이라도 달리고 싶은 기분이었다.

$$* \qquad * \qquad *$$

"자작님께서 위험한 행동을 하셨다."

바투르크는 그렇게 말했다.

"리처드는 성정이 급하고 일단 화가 나면 누가 상대라도 바로 머리를 깨려 드는 독종이다. 그자를 앞에 두고 식사까지 나누었는데도 살아남았다니, 천운이라 하지 않을 수가 없다."

로렌의 등골을 훑고 차가운 기운이 지나갔다. 바투르크의 말이 사실이라면 로렌과 라푼젤은 정말로 죽을 뻔했던 것이다.

"…제가 본 것과는 인상이 많이 다르군요."

그러면서 로렌이 자신이 느낀 리처드 남작의 인상에 대해 말하자 바투르크는 크게 놀랐다.

"음? 그럴 리가……. 그 망나니가 사람이 된다는 건 있을 수 없는 일이다."

대체 두 사람 사이에 무슨 일이 있었기에 바투르크가 이렇게까지 말하는 것일까, 거꾸로 궁금해질 정도였다.

"제게 10년 치의 공력을 넘겨줄 정도였습니다."

"10년 치? 어디 한번 본다."

바투르크는 놀라며 로렌을 정좌시키고 그 뒤에 앉아 등에 양손을 대었다. 다음 순간, 바투르크의 공력이 손을 통해 힘차게 발출되어 로렌의 몸에 들어왔다. 그리고 그 공력은 메아리처럼 바투르크에게 돌아갔다.

"과연, 그렇군. 그래."

바투르크는 마치 리처드 남작처럼 혼자 그렇게 중얼거렸다.

"하지만 믿을 수 없다. 리처드가 무엇 때문에 그대를 그렇게 좋게 보았단 말인가?"

바투르크의 반응을 볼 때, 다른 기사에게 공력을 넘겨주는 건 어지간해서는 일어나지 않는 일인 것 같았다. 리처드 남작은 정말로 별것 아닌 듯 말했지만, 그렇지 않았던 거다. 로렌이 생각한 대로였다.

"그거야 저도 모르죠."

로렌의 대답에 바투르크는 입을 한 일자로 굳게 다물었다가, 더 이상 참지 못하겠다는 듯 이렇게 소리 질렀다.

"리처드는 진짜 망나니다!"

"…대체 무슨 일이 있었던 겁니까?"

바투르크가 너무 끈질기게 망나니, 망나니하다 보니 로렌으로서도 참아왔던 질문을 던질 수밖에 없게 되었다.

"말했잖은가. 그자는 화가 나면 상대가 누구라도 머리를 깨려 든다고. 나도 머리가 깨질 뻔했다. 그자는 망나니다."

반응으로 보아 한 번은 싸웠을 것 같긴 했는데, 정말로 싸웠을 줄이야. 로렌은 어이가 없었다.

리처드 남작도 그렇지만, 바투르크도 싸운 상대를 살려두는 스타일은 아니다. 일단 달려가서 머리부터 분쇄하는 인간이랑 머리와 몸을 분리하는 오크의 싸움이다. 둘 다 살아 있는 게 오히려 이상했다.

"그런 것치곤 리처드 남작은 바투르크 경에게 호감을 갖고 있는 것 같던데요."

"그럴 리가 없다. 리처드는 망나니다."

"……."

앵무새처럼 망나니라는 단어를 되풀이하는 바투르크의 모습에 로렌은 리처드 남작에 대해 더 이상 뭐라고 말해도 소용없음을 깨달았다.

아마 바투르크는 정말로 생명의 위협을 느꼈던 것이리라. 이제 와서 제3자가 뭐라고 말한들 인식이 바뀌지 않을 정도로 큰 공포가 그의 뼈에까지 새겨진 탓이리라.

'내가 굳이 이 인식을 바꿔줄 이유는 없지.'

로렌은 이 안건에 대해서는 그냥 넘어가기로 했다. 리처드 남작에 대한 이야기를 꺼낸 건 용건의 일부에 지나지 않는다.

로렌이 굳이 이 바쁜 때에 바투르크를 찾아온 이유는 그가 새로 얻은 깨달음에 대해 상담하기 위해서였으니까.

"음… 그대에게는 특별한 재능이 있다."

로렌이 자신의 깨달음에 대해 늘어놓자 바투르크는 그렇게 운을 떼었다.

"마력을 다루는 마법사라 그런가. 몸을 움직이는 데는 평범한 재능을 보였는데, 공력을 다루는 기술에는 뛰어난 재능을 보이는 것 같다. 그렇지 않다면 그 기술을 혼자 깨달아 사용할 수 있을 리 없으니 말이다."

그렇게 말한 바투르크는 자리에서 일어났다.

"어디 한번 직접 보여줄 수 있겠나?"

바라던 바였다. 로렌은 곧장 자신이 타고 온 말 조지 2세를 끌고 와 자신이 깨달은 공력 운용법과 기마술(騎馬術)을 바투르크에게 보였다.

"놀랍다."

로렌의 기마술을 직접 본 바투르크가 한 첫마디가 그것이었다.

"그대가 보인 마술은 리히텐베르크류 기사도의 기마술과는 판이하다. 하지만 그대가 배운 기사도 검술은 리히텐베르크류의 것이다. 보통은 이런 일이 일어나지 않는다."

"보통은? 어떤 의미로 말입니까?"

"상이한 기사도의 검술이나 기마술을 동시에 익히게 되면 공력의 운용이 어긋나 비틀리게 된다. 공력이 부딪혀 소멸하는 건 기본이고, 그 여파에 근육이 상해 버릴 수도 있다. 잘못하면 다시는 공력을 쌓을 수 없는 몸이 될 수도 있고, 온몸의 근육이 끊겨 회복할 수 없는 상태가 될 수도 있다."

바루르크의 말에 로렌은 섬뜩함을 느꼈다. 공력을 쌓지 못하게 되는 건 그렇다 치지만, 그 여파로 장애가 남을 수도 있었다는 게 더욱 끔찍했다.

생각해 보면 이미 로렌은 드워프 검술과 엘프 검술이라는 상이한 방식으로 공력을 쌓아본 적이 있다. 바투르크가 말한 현상이 일어날 것 같으면 진작 일어났어야 했다.

"그래서 말한 것이다. 그대는 공력을 다루는 데 뛰어난 재능을 보이고 있다고. 각각 다른 검술과 기마술을 다루면서도 전혀 근육이 손상되지 않았다. 조금 전에 그대의 공력을 관찰했기에 확실하다."

바투르크는 몇 분 전에 로렌의 등에 손바닥을 대어 공력을 불어넣고 반응을 보았었다. 그게 공력을 관찰한 것인 모양이었다.

"아마도 그대는 본능적으로 자신의 몸을 보호하면서 상이한 기사도를 사용하는 여파를 없애 버린 것이리라. 이는 하늘이 내린 재능이니 누구나 따라 할 수 있는 게 아니다."

바투르크의 눈에는 열망이 깃들었다. 로렌의 재능에 대한 열망이리라. 하지만 바투르크는 곧 아무렇지 않은 듯 이어 말했다.

"이렇게 된 이상, 일단은 그대에게 리히텐베르크류 기마술에 대해서도 수업을 진행하도록 하겠다. 그리고 기마검술 1장도 전수하도록 하겠다. 그대가 만들어낸 로렌류 기마술을 살릴지 어떻게 할지에 대해서는 직접 판단하기 바란다."

로렌류 기마술이라는 단어가 듣기에는 좋지만 어디까지나 로렌이 혼자 만들어낸, 말하자면 야매라 어떤 부작용이 있을지 알 수 없었다. 그러니 로렌이 알아서 하라는 말이 나온 것이다. 로렌은 고개를 끄덕였다.

"그리고 그대가 자신의 재능을 믿는다면, 구유카르크를 찾아가 보기 바란다. 그가 익힌 라부아지에류 기사도는 리히텐베르크류와는 다른 장점이 있으니 여러 기사도를 익혀 손해 볼 것이 없을 것이다. 그에게는 내가 추천서를 써주겠다."

사실 구유카르크 경은 로렌이 부탁하면 기사도를 가르쳐줄 가능성이 높았지만, 그래도 바투르크의 추천서가 있다면 이야기가 쉽게 풀릴 터였다.

"그래도 됩니까?"

그래도 로렌은 다시 물었다. 한 기사도를 배우기로 마음을 먹었는데, 곧장 다른 걸 배우기가 마음에 걸렸기 때문이었다.

"리히텐베르크류에는 단점이 있다. 성취가 늦다는 점이다. 구유카르크에게서 라부아지에류 기사도의 비검술을 배운다면 더 이른 시기에 경지에 오를 수 있을 것이다. 그 뒤에 리히텐베르크류의 절기를 얻는다면 장점을 최대화할 수 있을 것이다."

"……"

"이건 그대가 정말로 상이한 기사도를 익혀도 아무 문제가 없다는 것이 확실해진 후에 시도해 볼 만한 방법이다. 일단은 리히텐베르크류의 기마술과 기마검술을 익히는 것부터 시작한다. 로렌류 기마술과 리히텐베르크류의 기마술을 반복해서 사용하더라도 아무 이상이 없을 때 구유카르크를 찾는 것이 안전할 것이다. 물론 그대가 그대의 재능을 믿는다면 더 빠른 시기에 도전해 보아도 괜찮겠고. 그것이 그대에게는 이득이니."

위험을 감수하고 더 빠른 성취에 도전하느냐, 안전한 방법을 택하느냐의 선택이었다.

"바투르크 경께서 제 입장이었으면 어떻게 하시겠습니까?"

"도전한다!"

망설이던 로렌이 묻자 바투르크는 짧고 단호하게 답했다.

"짧은 인생이다. 잘못되어 봤자 죽기밖에 더하겠는가."

수명이 짧기 때문에 오히려 더욱 도전적으로 달려든다. 그것은 오크 특유의 인생관일지도 모른다. 그러나 로렌은 인간이다. 오크의 방식을 그대로 따를 수는 없었다.

"그대는 어떻게 하겠는가?"

"리히텐베르크류 기마술을 배우고, 곧장 구유카르크 경을 찾겠습니다."

리히텐베르크류 기마검술만을 뒤로 미루고, 기마술로만 안전성을 검토한 후 바로 라부아지에류로 넘어간다. 이것이 로렌의 선택이었다.

"중도를 걷는가. 그것도 좋겠다."

바투르크는 납득한 듯 말했다.

"그럼 기마술 수업을 시작하겠다."

*   *   *

리히텐베르크류 기마술 1장은 로렌 자기류의 기마술과는 판이했다.

오로지 공력을 회전시켜 신체 각부를 강화하는 데만 공을 들이는 로렌류와 달리, 리히텐베르크류 기마술 1장은 말에게 공력을 보내 쌓도록 만드는 것에 중점을 두었다.

그러니 당장은 '투자'만 하고 '회수'는 못 하는 상황이 이어진다. 대신 조지 1세의 공력은 더욱 빠르게 성장했다.

"처음부터 모든 것을 다 해내는 로렌류와 달리, 리히텐베르크류는 단계를 밟아 쌓아가는 과정을 중시한다. 이는 기사도

검술 1장과 같다."

리히텐베르크류 기사도 검술 1장은 공력을 쌓는 데만 주력한다. 기마술 1장은 말에게 공력이 쌓이도록 하는 데만 주력한다.

"기마술의 성취가 빠르다. 미리 로렌류의 기마술로 말을 단련시킨 덕분이라고 봐도 되겠다. 바로 2장으로 넘어가도록 하겠다."

기마술 2장은 검술 2장과 마찬가지로 쌓인 공력을 회전시키는 것에 중점을 두고 있었다. 말의 근육 각부에 쌓인 공력을 회전시켜 기승자인 로렌에게까지 돌아오게 만듦으로써 비로소 '투자금의 회수'가 이뤄진다.

그것은 상쾌하고 통쾌한 경험이었다. 로렌류의 기마술이 단타로 여러 번 투자와 회수를 반복하는 개념이라면 리히텐베르크류는 장기간에 걸친 투자금을 단번에 회수해 내는 차이점이 있었다.

"2장도 바로 해내는군. 매우 좋다. 하루 만에 이렇게 성취해 낼 거라고는 생각하지 못했다. 스스로 깨달음을 얻고 성장한 덕택인가."

바투르크는 흐뭇하게 웃으며 로렌을 칭찬했다.

"그럼 이제 안전성 실험에도 바로 돌입해도 되겠군요?"

"그렇다."

로렌의 물음에 바투르크는 다소 굳은 얼굴로 대답했다.

"만약의 경우가 발생하면 바로 말에서 내리도록. 내가 어느 정도는 수습할 수 있을 것이다. 그러나 적지 않은 공력을 잃을 수도 있다는 건 감수하도록 하라."

"알겠습니다."

어차피 공짜로 얻은 공력이니 그 정도 리스크라면 아까울 것도 없었다. 로렌은 바로 로렌류의 기마술로 조지 2세와 함께 달리기 시작했다.

"으읏!"

조지 2세에게서 돌아온 강맹한 공력의 흐름이 로렌의 근육으로 흘러들었다. 그러나 위화감이 느껴지는 것도 잠시였다.

"오, 오오오!"

로렌은 놀라 소리 질렀다. 조지 2세도 흥분해서 히히힝 투레질을 했다.

"뭔가! 괜찮은가?!"

바투르크도 당황한 낯빛으로 로렌을 향해 외쳤다. 본인이 로렌을 충동질한 거나 다름없으니, 잘못된 거면 자신에게도 책임이 있다고 생각한 탓이리라.

하지만 로렌의 얼굴에는 환희가 번지고 있었다.

"괜찮습니다! …괜찮은 정도가 아닙니다!!"

강맹한 공력이 로렌과 조지 2세의 전신에 휘몰아치고 있었다. 리히텐베르크류 기마술의 기세로, 로렌류의 회전이 이뤄지고 있었다. 기존의 로렌류가 작은 단타를 여러 번 치는 개념이라면, 지금의 로렌류는 큰 공력의 회전을 여러 번 해내고 있었다.

즉, 두 기마술의 장점만을 취한 격이었다.

"이럴 수가! 내게도 보인다!! 그대에게서 공력이 휘몰아치는 기세가!!"

바투르크의 당황도 어느새 흥분으로 뒤바뀌어 있었다. 리처드 남작과는 달리 그는 공력의 흐름을 눈으로 보고 바로 알아채지 못했다. 하지만 지금은 보인다고 외치고 있었다. 로렌의 기마술을 보면서 그 또한 의도치 않게 깨달음을 얻고 성장한 것 같았다.

큰 웃음소리가 바투르크의 장원을 가득 채웠다.

28장
끝나지 않은 위협

리처드 남작은 약속했던 우호 선언을 했다. 라핀젤 자작령에서도 시간에 맞춰 공문을 돌렸기에, 이제 며칠 후면 변경 지역의 모든 영주가 리처드 남작과 라핀젤 자작 간의 동맹에 대해 알게 될 터였다.

　라핀젤 자작령이 리처드 남작과의 동맹으로 얻게 되는 이득은 막대했다. 전쟁 위협도가 크게 하락하는 것은 물론이고, 후방이 든든해질 뿐만 아니라, 용병도 더욱 싼 가격으로 고용할 수 있게 된다.

　용병은 강한 쪽에 붙길 바랐다. 전쟁에서 지면 목숨이 날아간다. 강한 쪽에 붙어서 살아남는 게 이득이다. 그만큼 몸값이 싸지겠지만 목숨은 하나니까.

그리고 리처드 남작과의 동맹을 이룬 라핀젤 자작은 이제 강자의 입장이 되었다. 라핀젤 자작에게 전쟁을 선포하면 리처드 남작을 상대해야 하니까.

더불어 라핀젤 자작에게 고용되면 리처드 남작을 상대하지 않아도 된다. 용병들에게 있어서 이보다 더 안정적인 보험도 드물었다.

그렇다고 리처드 남작이 일방적으로 손해만 본 것도 아니다. 그 또한 고립을 피해 후방의 든든함을 손에 넣을 수 있고 안정적인 거래처도 마련했다.

그런 것을 제외하고도 리처드 남작이 얻을 수 있었던 가장 큰 이득은 '이미지'였다.

리처드 남작은 영주가 된 지 얼마 지나지 않았고, 영주들 사이에선 데뷔하자마자 적 영주의 머리를 터뜨린 위험인물로 알려져 있었다. 야만인이자 전투광으로 알려진 그를 상대로 누구도 감히 외교적 방법으로 접근하려 하지 않았다.

하지만 라핀젤 자작과 동맹을 맺음으로써 리처드 남작은 자신이 협상 가능한 상대라는 것을 주변 영주들에게 알렸다.

어떻게 생각하면 어이없지만 이것이 리처드 남작이 이번 협상으로 얻은 가장 큰 이득이었다.

"진짜 어이없지."

리처드 남작은 픽픽 웃었다.

"그런데 더 어이없는 일이 생기다니."

리처드 남작은 자신의 손에 들린 편지를 내려다보았다. 그 편지에는 어이없는 내용이 쓰여 있었다.

라핀젤 자작과의 동맹을 파기하라.

발레리에 대공으로부터 온 편지였다. 그것도 무려 자필로 휘갈겨 쓴.

"하!"

리처드 남작은 짧게 웃었다. 웃음을 멈춰보려고 해도 멈추질 않았다. 이런 경우 없는 편지가 또 있을까? 적어도 리처드 남작은 평생 동안 받아본 적이 없었다. 이번이 처음이었다.

맺은 지 일주일도 안 된 동맹을 파기하면 무슨 일이 일어날지 리처드 남작은 잘 알았다.

이 지역에서 다시는 누구와도 동맹을 맺을 수 없게 될 것이다. 기본적인 외교 관계조차 못 맺게 될지도 모를 일이다. 그것도 남작이 죽을 때까지 말이다. 신용을 잃는다는 건 그렇게도 무서운 일이다.

발레리에 대공은 다른 조건 같은 것은 붙이지도 않고 리처드 남작에게 외교적 자살을 하라고 지시한 것이나 다름없었다.

그렇다, 이건 지시였다. 그 지시의 내용을 불문하고, 명백한 월권행위였다. 대공이든 뭐든, 영주에게 명령할 수 있는 건 오직 왕뿐이었다.

중앙정부는 힘을 잃고 유명무실한 존재가 되었다. 그러니 이 변경 지역에서 발레리에 대공은 실질적인 왕이었다.

하지만 실질적인 왕이든 뭐든, 진짜 왕인 건 아니다. 이런 내정간섭이 용납될 리가 없었다.

'아니, 그딴 복잡한 건 다 집어치우고.'

리처드 남작은 발레리에 대공이 마음에 들지 않았다.

헛웃음을 토해내는 것도 질렸다. 리처드 남작은 펜을 들었다. 대답은 정해져 있었다.

거절한다!

*   *   *

에드워드 백작에게 발레리에 대공의 편지가 도착한 건 그로부터 2주 후의 일이었다. 그 내용은 대단히 뜬금없었다.

리처드 남작에게 선전포고하라!

에드워드 백작은 또 스트레스 때문에 위장 건강을 해쳐야
했다.

에드워드 백작이 리처드 남작에게 선전포고를 하면 자연스
럽게 그 동맹인 라핀젤 자작 또한 에드워드 백작과 전쟁 상
태에 돌입한다. 두 영주가 우호 선언을 했으니 라핀젤 자작은
최소한의 군사 행동을 벌이지 않을 수가 없었다.

에드워드 백작의 전력이 두 동맹 영주를 크게 웃돌았다. 리
처드 남작이야 본신의 힘이 강하다지만 절대적인 숫자가 너무
적었다. 라핀젤 자작에 대한 정보는 부족하지만 자작이 된 지
얼마 되지 않아 아직 영지를 제대로 장악하고나 있는지 의문
이었다.

패배할 전쟁은 아니다.

하지만 문제는 양면 전쟁에 끌려들어 가게 된다는 점이었
다.

"나도 수렁에 발을 들이게 된다는 거잖아?"

에드워드 백작은 발레리에 대공의 친필 편지를 구겨서 벽난
로에 집어던지고 싶은 충동을 간신히 참아내었다. 지금은 감
정에 충실할 때가 아니었다. 냉정해져야 했다.

'리처드 남작과의 전쟁도 골치 아프지만, 발레리에 대공과

척을 치면 골치가 아픈 걸로 끝나지 않지.'

이 변경 지역에서 발레리에 대공을 적대시한다는 건 곧 파멸을 뜻한다. 이건 적어도 이 지역에선 상식이었다. 그리고 에드워드 백작은 상식적인 인간이었기에 이 지역의 상식에 대해 잘 알고 있었다.

'결국 수렁에 발을 들일 수밖에 없는 상황이 되고 말았군.'

에드워드 백작은 그렇게 판단했다.

'하지만 시간은 최대한 벌어야지.'

백작은 펜을 들었다.

*　　　*　　　*

에드워드 백작이 번 시간은 로렌에게도 여유를 주었다.

에드워드 백작의 군대가 리처드 남작령과의 경계 부근으로 집결하고 있다는 첩보는 금방 날아들었다. 만약 에드워드 백작이 리처드 남작에게 선전포고를 하게 된다면 라핀젤 자작령도 그 전쟁에 참전해야만 하게 된다.

전쟁을 피하기 위해 맺은 동맹 때문에 전쟁을 하게 생겼으니 로렌도 골치가 아팠다.

하지만 미리 대비할 시간을 얻게 된 건 로렌에게도 다행이었다. 자작령의 자원을 남작령에 판매하고 얻은 수익으로 용

병을 고용하고 병량을 확보하고 징집군의 무장을 더욱 공고히
할 수 있었다.

다른 영주들에게도 라핀젤 자작령의 이런 정보 정도는 흘
러들어 갔을 것이다. 라핀젤 자작령은 이제 더 이상 만만한
상대가 아니게 되었다는 정보가 말이다.

에드워드 백작이 리처드 남작에게 선전포고를 하게 되면,
다른 영주가 그 틈을 노려 라핀젤 자작령을 쳐들어올 수도
있었다. 강력한 전쟁 억지력인 리처드 남작이 다른 전선에 가
있는 것을 기회로 삼아서 말이다.

그런데 라핀젤 자작령이 만만치 않은 전력을 갖춰놓았다면
이런 시도를 할 가능성이 많이 줄어든다. 더 이상 빈집이 아
닌 자작령을 상대로 빈집털이를 할 수는 없는 노릇이니까.

그런 의미에서는 상황은 최악은 아니었다.

"그렇다고 좋은 상황인 건 아니지만."

로렌은 에드워드 백작과 리처드 남작의 전쟁에 적극적으로
나설 생각은 아니었다. 그래서도 안 됐고, 그럴 능력도 없었
다.

단순 전력 비교로는 에드워드 백작이 이 변경 지역의 근방
에서는 발레리에 대공을 제외하면 최강이다. 만약 리처드 남
작과 동맹을 하기 전에 에드워드 백작의 군대 움직임을 발견
했다면 로렌은 남작과 동맹을 맺으려 들지 않았을 것이다. 그

정도로 승산이 없는 싸움이었다.

　지금 로렌이 동맹을 파기하지 않는 이유는 리처드 남작 본인과 만나봤기 때문이었다. 양의 차이를 간단하게 좁혀 버리는 압도적인 '질'. 그것이 리처드 남작이라는 존재였다. 그의 존재가 있기에 에드워드 백작과 전쟁을 하게 되더라도 쉽게 무너지지는 않으리라고 예상할 수 있었다.

　"그리고 사실 나도 그렇고."

　로렌의 마법 능력은 이미 대마법사의 영역에 도달해 있었다. 그렇다고 로렌 하트의 전성기 시절을 되찾은 건 절대 아니지만, 지금 시대의 일반적인 마법사 수준은 아득하게 뛰어넘은 상태였다.

　적어도 로렌 본인은 현시대에 자신을 뛰어넘는 마법사는 존재하지 않는다고 확신하고 있었다. 여기에 모건 르 페이를 손에 넣어 다소 변칙적이긴 하지만 삼중 마법 서킷을 활용할 수 있게 된 데다 명률법으로 완벽한 은신을 기반으로 한 기습과 이탈이 가능해졌으니, 상식을 뛰어넘는 영향력을 전장에 투사할 수 있다.

　하지만 로렌이라는 전력은 아껴둬야 하고 숨겨둬야 한다. 조커는 숨겨두는 게 당연한 법이다. 이 전쟁만 이기면 모든 게 끝나는 것도 아니거니와, 앞으로는 발레리에 대공과 부딪혀야 할지도 모른다.

에드워드 백작이 직접적으로 자작령으로 쳐들어오지 않는 한 로렌이 직접 나설 일은 없을 것이다. 그리고 로렌이 나서지 않는다고 볼 때, 이 전쟁은 승산이 없었다.

"…역시 상황을 좀 더 좋게 만들어야겠어."

이대로는 안 된다는 결론에 이른 로렌은 다시 낑낑거리며 뇌를 쥐어짜기 시작했다. 현재로서는 방법이 없었다. 방법이 없으니 새로 만들어야 했다.

*　　　　*　　　　*

에드워드 백작은 로렌 하트의 지난 생에서는 리처드 남작과 발레리에 대공과 적대한 전국 6걸 중 한 명이었다. 그리고 리처드 남작의 진면목이 드러나기 전까지는 발레리에 대공에게 있어 최대의 적수라 불릴 만한 위세를 떨쳤다.

다른 6걸들은 모두 리처드 남작을 배신했지만 에드워드 백작은 끝까지 발레리에 대공과 맞선 인물 중 하나였다. 아니, 그 반대다. 에드워드 백작이 발레리에 대공의 군세를 막아내지 못했기 때문에 리처드 남작을 제외한 4걸이 모조리 배반한 것이다.

에드워드 백작의 죽음이 전세를 아예 뒤바꿔 버릴 만큼 그가 전국 6걸 중에 차지하는 비중이 컸다고 볼 수 있겠다.

하지만 이것은 전부 지난 생의 이야기다. 지금 에드워드 백작은 리처드 남작의 가장 큰 적이 될 예정이다. 그럼에도 불구하고 로렌이 끙끙거리며 지난 생의 정보를 끌어내려 애쓰는 이유는 거기에 뭔가 힌트가 있지 않을까 생각했기 때문이었다.

이 난국을 돌파할 만한 아이디어의 힌트가.

가장 골치가 아픈 점은 전국 6걸에 관한 로렌 하트의 기억을 믿을 수가 없다는 점이었다. 로렌 하트에게 있어서 발레리에 대공은 자신을 해방시켜 준 영웅이자 위인이어서, 그에게 맞서 싸운 전국 6걸에 대한 기억이 안 좋은 방향으로 뒤틀려 있었다.

역사서를 지금 와서 구할 수 있는 것도 아니니 로렌은 옛 자신의 기억을 객관화하는 작업을 따로 거쳐서 정보를 되새길 필요가 있었다.

애초에 전국 6걸이 왜 발레리에 대공과 맞서 싸워야 했는가. 로렌 하트는 그 명제를 단순하게 그냥 '로어 엘프를 해방시키기 싫어서'라고 파악하고 있었다. 하지만 그 명제가 완전히 참일 가능성은 그리 높다고 볼 수는 없었다. 그러니 거기서부터 다시 생각해야 했다.

'먼저 리처드 남작부터. 리처드 남작에게 날아온 발레리에 대공의 편지……'

전쟁 준비를 하라.

발레리에 대공이 자필로 써서 보낸 편지의 내용은 그러했다. 리처드 남작은 그렇게 말했었다. 명백히 내정간섭의 의도가 엿보이는 편지이기도 했다.

내용은 간단하지만 속뜻은 그리 간단하지 않다. 전쟁 준비를 하라는 편지를 보냈다는 건, 누군가와 전쟁을 시킬 의도가 있다는 뜻으로도 해석할 수 있으니까.

물론 이건 100% 그렇다고 확신할 수 있는 추론은 아니다. 다른 가능성도 없지는 않다. 누가 쳐들어올 테니 미리 준비하라는 조언일 수도 있었다.

이 명제의 경우 시점의 문제가 드러났다.

리처드 남작은 주변의 적들을 모두 정리하고 마지막 적 영주의 머리를 깨기 전에 이 편지를 받았다. 감히 리처드 남작에게 선전포고를 할 영주는 하나밖에 남지 않았다.

에드워드 백작.

'에드워드 백작의 움직임을 미리 알아채고 리처드 남작에게 준비를 시킨 건가?'

실제로 에드워드 백작은 지금 리처드 남작령과의 경계를 향해 군대를 움직이고 있다. 그런데 그건 '지금'이다. 한 달 전의 이야기가 아니다. 한 달 전에 에드워드 백작의 군대는 헨리 준자작의 영지에 머물러 있었다.

"으음……."

직감적으로 정답에서 멀어지고 있다고 느꼈다. 생각을 달리해볼 필요가 있었다.

'아예 다른 방향으로 접근해 보자.'

동기.

발레리에 대공이 어째서 어떤 동기를 가지고 리처드 남작에게 편지를 보냈는가. 쉽게 유추할 수 있는 문제는 아니었다. 숨겨진 비밀이 있다면 그 비밀이 밝혀지기 전까지는 절대 올바른 해답에 도달할 수 없다.

또 다른 가설.

발레리에 대공의 자필 편지를 받은 것은 리처드 남작뿐만이 아니다. 로렌에게도 날아왔다. 편지의 내용은 자작령을 달라는 것으로 끝이었다. 이 또한 내정간섭이라면 내정간섭이다.

두 번 일어난 일은 세 번도 일어난다.

발레리에 대공에게 있어서 라핀젤 자작이나 리처드 남작은 하찮은 존재일 뿐이다. 그 인식이 에드워드 백작이 상대라고 크게 바뀐다고 보기는 힘들었다.

"……!"

갑작스럽게 로렌 하트의 기억에서 떠오르는 정보가 있었다.

에드워드 백작이 발레리에 대공에게 맞서 군대를 일으키고,

전국 6걸을 규합한 이유. 아니, 더 정확히는 규합할 수 있었던 원인.

변경 지역의 영주들은 서로 그리 친하지 않다. 틈만 보이면 서로 쳐들어가지 못해 안달이다. 지금의 전국 시대도 존 준자작이 모아둔 전쟁 물자가 아까워 가까운 리처드 남작령으로 쳐들어간 게 시작이었다. 그때나 지금이나 차이가 있을 리 없었다.

그런데 강대한 발레리에 대공에게 맞서기 위해 연합을 결성한다?

"그런 게 가능할 리가 없어."

하지만 가능하게 만든 사건이 있었다. 로렌이 모르는 사건이.

혹시 그것이 '편지'라면?

시도 때도 없이 내정간섭을 해오는 발레리에 대공의 자필 편지. 그 편지는 때로는 도저히 받아들이기 힘든 것일 수도 있었다.

라푼젤 자작에게 온 편지만 봐도 쉽게 알 수 있다. 자작령을 내놓으라니.

물론 이건 라푼젤이 자기 양녀이기 때문에 특별히 '심한' 내정간섭을 해온 것일 수도 있기는 했다. 그래도 일단 이 경우의 수는 배제한다.

가설로 돌아가자.

만약 발레리에 대공이 다른 영주들에게도 이 정도의 내정 간섭을 지속적으로 해왔다면 이것은 전국 6걸이 뭉칠 수 있는 이유로 충분했다.

뭉칠 수 없었던 이들을 뭉치게 만드는 원인. 공감대. 그것은 발레리에 대공의 간섭에서 벗어나기 위한 마지막 발악이었다.

'그럴듯하군.'

설득력이 아주 없지는 않은 가설이었다. 부족한 것은 근거였다. 근거가 없다면 이 가설은 단지 로렌의 망상에 불과할 뿐이다.

"근거를 찾으러 가야겠어."

로렌은 집무실의 의자에서 일어났다. 이 가설이 참이라면 이 난국을 돌파할 방법 또한 생긴다. 그러니 로렌이 직접 움직일 가치는 충분했다.

*　　　　　*　　　　　*

다행히 아직 에드워드 백작과 라핀젤 자작, 리처드 남작은 적대 세력이 아니다. 앞으로 될 거란 게 문제지만 그런 건 나중에 생각해도 되었다.

로렌은 스칼렛을 타고 에드워드 백작령으로 향했다. 목적지는 백작이 있는 집무실이었다.

명률법으로 존재감을 희박하게 만든 채 집무실로 숨어든 로렌은 에드워드 백작이 혼자 남았을 때 비로소 모습을 드러냈다.

"뭔가? 자넨 누군가?"

에드워드 백작은 깜짝 놀라 물었다. 상식적인 반응이었다. 상식적인 사람이라고 하더니 그 소문이 정말인 모양이었다.

"안녕하십니까, 에드워드 백작님."

그러므로 로렌도 상식적인 인사를 건넸다.

"저는 디셈버라 합니다."

이름은 가명을 썼다. 명률법을 열심히 익힌 덕에 로렌은 자신의 겉모습을 바꾸는 방법도 터득했다. 지금 그는 로어 엘프로 보일 것이다. 디셈버라는 가명은 그의 두 번째 제자들의 이름에서 따온 것이다.

"…여긴 어떻게 들어왔지?"

로어 엘프를 본 에드워드 백작은 눈살을 찌푸렸지만 시선을 피하지는 않았다. 불가촉천민을 상대하는 귀족치고는 꽤나 온건한 반응이었다. 아마 로렌이 보여준 묘기 때문일 것이다. 은신과 잠입. 사실 명률법을 쓴 것에 불과하지만 그거야 아무래도 좋았다.

"마법을 사용해서요."

로렌은 거짓말을 했다.

"마법사인가. …발레리에 대공께서 보냈나?"

에드워드 백작의 그 대답. 로렌은 이미 자신의 가설을 증명한 답을 얻은 것이나 다름없었다. 그렇다고 여기에서 무례하게 그냥 빠져 버릴 생각은 없었다.

"아뇨, 그렇지는 않습니다."

"그럼 뭐지? 암살자처럼은 보이지 않는데. 내게 이런 여유를 주는 걸 보면."

에드워드 백작은 어디까지나 침착했다.

"제가 한 가지 가설을 수립했는데, 그 가설을 뒷받침할 근거를 얻으러 왔습니다."

"뭔 이상한… 흠, 그래. 듣기라도 해보지. 그 가설이 뭐지?"

"발레리에 대공이 에드워드 백작께 내정간섭을 하고 있습니까?"

에드워드 백작은 입을 다물었다. 생각할 시간이 필요한 모양이었다. 그래서 로렌은 그에게 필요한 것을 주기로 했다. 잠자코 기다리자, 에드워드 백작이 생각을 끝낸 듯 입을 열었다.

"넌 누구냐."

그 시선에는 이전까지는 없던 날카로운 살기가 묻어나오고 있었다.

"디셈버입니다. 마법사고요."

"소속을 말하라."

"리처드 남작의 동맹입니다."

거짓말은 아니었다.

"······!"

에드워드 백작은 놀람을 숨기지 못했다. 숨기려고 시도는 한 것 같지만 그 시도는 무위로 돌아갔다. 로렌이 잠자코 있자, 에드워드 백작이 먼저 다시 입을 열었다.

"···그 가설이란 걸 떠올리게 된 계기를 말해주게."

"발레리에 대공이 리처드 남작에게 내정간섭을 시도했기 때문입니다."

"뭐라고?"

"그 내용은 이렇습니다. 전쟁 준비를 하라."

에드워드 백작의 시선이 흔들렸다. 예기를 잃고 혼탁해진 눈동자로 에드워드 백작은 로렌을 응시했다.

"나랑 같군."

"그 말씀은······."

"그래. 자네의 가설이 참이라네."

에드워드 백작은 담백하게 인정했다.

"그런가. 리처드 남작에게도 전쟁 준비를 시키고, 내게도 전쟁 준비를 시키다니."

집무실의 의자에 몸을 깊숙이 묻고, 에드워드 백작은 긴 한숨을 토해내었다. 로렌이 가만히 기다리고 있으려니 에드워드 백작의 시선이 그에게 향했다.

"자네의 증언을 뒷받침해 줄 근거 같은 건 있는가?"

"없습니다. 저는 백작께 진언을 드리는 게 목적이 아니라, 그저 제 가설이 참임을 증명하는 것이 목적이었으니까요."

로렌의 둘러대는 발언에 에드워드 백작은 헛웃음을 터뜨렸다.

"그렇게 말했었지. 하지만 자네는 목적이 이뤄졌는데도 여기에 남아 있군. 혹시나 다른 목적이 또 있는가?"

"지금 생겼습니다."

"그게 뭔가?"

에드워드 백작은 심드렁하니 물었다.

"또 다른 가설의 증명이지요."

"마법사란 종족은 정말 불가해하군. 그래, 그 또 다른 가설이란 건 뭔가?"

이쯤 되니 호기심이 돋는다는 듯, 에드워드 백작은 상반신을 의자 등받이에서 떼며 물었다.

"발레리에 대공이 에드워드 백작께 또 다른 지시를 내리지 않았을까? 그리고 그 내용이… 혹여나 리처드 남작령에의 선전포고가 아닐까?"

"······."

에드워드 백작의 얼굴이 그대로 굳어버렸다.

"침묵 또한 때로는 대답의 역할을 하고는 하지요."

"···어떻게 알았지?"

침묵의 끝은 그런 되물음이었다. 그리고 그 되물음은 역설적이게도 침묵보다도 확실한 대답이 되었다.

"제 가설을 뒷받침할 근거를 얻은 것 같군요."

"그래, 난 대답했다."

에드워드 백작은 아무렇게나 손을 내저었다.

"그러니 너도 대답하도록. 어떻게 알았어?"

"하늘에서 에드워드 백작의 군대가 움직이는 것을 보았습니다."

에드워드 백작의 동공이 크게 벌어졌다.

"하늘에서, 라고?"

마법사는 하늘을 날 수 있다. 하지만 이 시대의 마법사는 그렇지 않다. 에드워드 백작의 머릿속에 어떤 단어가 스치고 지나갔다.

대마법사.

그리고 로렌은 그런 에드워드 백작의 속이 손으로 잡히듯 보였다.

"별로 놀랄 일은 아니라고 생각합니다만."

사실 로렌이 하늘을 날아다닌 건 스칼렛의 도움을 받은 것에 지나지 않지만 지금은 진실을 말하기에 좋은 상황은 아니었다. 허세를 부려야 할 때였다.

"그건 농담인가? 아니면 잘난 척인가?"

"양쪽 모두 아닙니다."

"그래그래. 알았어. 자네가 굉장한 마법사라는 건 이제 알았네. 그만하게."

에드워드 백작은 아무렇지 않은 듯 말했지만 그 얼굴과 목소리에 숨길 수 없는 긴장이 묻어나왔다.

"그래서 뭔가? 리처드 남작에게 선전포고를 할 날 암살이라도 할 텐가?"

"그것은 제가 결정할 문제는 아닙니다."

"리처드 남작이 결정해야 할 문제인가?"

에드워드 백작이 비웃듯 말했다. 자존심을 긁어모아 부리는 허세이리라.

"에드워드 백작께서 결정하실 문제입니다."

"…날 협박하는 건가?"

다시 에드워드 백작의 목소리가 긴장으로 딱딱해졌다. 기껏 부린 허세가 설탕 과자처럼 부서져 없어졌다. 정작 로렌은 자신의 말이 협박으로 들릴 수 있다는 걸 몰랐기에 짐짓 당황하지 않은 척을 가장하면서도 서둘러 말을 이었다.

"그렇게 될 수는 없습니다. 에드워드 백작께서 암살당하시면 그 후계인 헨리 준자작이 뒤를 이을 테고, 헨리 준자작 또한 발레리에 대공의 지시를 받을 테니 결국 백작령과 리처드 남작령의 전쟁은 피할 수 없습니다."

로렌이라고 에드워드 백작의 암살을 생각하지 않은 건 아니다. 하지만 그는 그 선택을 곧장 접었다. 그 술수가 사악하고 비도덕적인 것은 둘째 치고, 별 의미가 없기 때문이었다.

리처드 남작이 적 영주의 머리를 부수고 존 준자작령과의 전쟁을 끝냈다지만, 이런 방법이 먹히는 건 용병 위주로 군대를 구성하는 군소 영주들 상대뿐이다.

에드워드 백작령은 에드워드 백작이라는 머리를 부순다고 곧장 무력화되는 물렁한 세력이 아니다.

충성스러운 기사들과 자신의 업무에 자부심을 지닌 관료들. 잘 훈련된 상비병들과 징집병들, 자신이 사는 곳에 소속감을 지닌 영지민들.

분명히 에드워드 백작이 사망했을 때의 매뉴얼도 존재하리라. 백작이 죽는다고 사분오열되어 혼란에 빠지기는커녕, 오히려 휘하의 기사들이 군주의 보복이라는 명목으로 더욱 공고히 결속해 전쟁을 지속할 가능성이 더 높았다.

그리고 무엇보다 방금 밝혀진 발레리에 대공의 내정간섭. 애초에 머리가 에드워드 백작이 아니라면, 백작의 머리를 부순다고 에드워드 백작령이라는 뱀의 몸통이 움직임을 멈출 리 만무하다.

새로운 영주는 지지 기반이 부족하기에 더욱 쉽게 발레리에 대공의 손에 놀아나리라.

"그렇게 되겠지. 그래, 내가 없어도 다 잘 굴러가게 되어 있어."

에드워드 백작은 그리 유쾌하지 않은 듯 그렇게 내뱉었다.

"그런데 내게 결정권이 있다니, 이해가 안 가는군. 난 없어도 되는 존재 아닌가?"

그런 훌륭한 시스템을 구축한 것은 현 백작의 선대일지 모르나, 지켜오고 유지해 온 것은 분명 백작 본인의 공이다. 그럼에도 백작은 자신이 없어도 되는 영지를 건설한 자신의 위업이 줄곧 불만이었던 것 같았다.

에드워드 백작이 내면에 어떤 모순을 품고 있는지는 로렌이 상관할 바가 아니었다. 로렌은 자신이 해야 할 말을 계속했다.

"아니요. 오직 에드워드 백작께서만 결정하실 수 있는 문제입니다."

"자네가 무슨 소릴 하는지 모르겠군."

에드워드 백작의 표정은 여전히 불퉁했다. 로렌은 자신의 의도를 명확하게 드러내야 할 때가 왔음을 직감했다.

"에드워드 백작령과 관계된 사람 중에, 발레리에 대공에게 반기를 드실 수 있는 분은 오직 에드워드 백작님뿐입니다."

이 제안을 하기 위해 로렌은 여기에 왔다. 물론 모든 가설이 참임이 드러난 후의 이야기였지만 실제로 이 제안을 할 수 있게 되리라고는 그 자신도 확신하지 못한 상태였다.

하지만 준비만큼은 철저히 했다. 만약의 사태에 대비해서 로렌이라는 이름을 감추었다. 만약 일이 잘못되면 라푼젤에게 해가 미칠 수 있으니 말이다. 로렌이라는 이름은 그리 알려져 있는 이름은 아니지만, 라푼젤 자작의 제1비서관 이름을 에드워드 백작이 알고 있을 수도 있었다.

'자아, 어떻게 나올까?'

로렌은 에드워드 백작을 응시했다. 일이 잘못되면 백작을 죽이고 탈출해야 할지도 모른다. 백작은 상식적인 사람이니 최악의 선택은 피할 가능성이 높지만 그 가능성이 제로라고는 할 수 없었다.

에드워드 백작은 오늘 이미 여러 번 놀랐지만, 아마도 지금 가장 놀랐다. 급히 숨을 들이마신 탓에 기침이 새어 나올 뻔했으니 말이다.

"…그러고 보니 그랬군. 아까부터 조금 신경 쓰이기는 했는데."

간신히 호흡을 정리한 에드워드 백작은 말했다.

"자네는 발레리에 대공을 전혀 높이지 않고 있었어."

눈치채고 있었나. 눈치채고 있음에도 지적하지 않은 건 어째서일까. 어쩌면 로렌에게는 유리한 이유 때문일지도 모른다.

"처음부터 내게 이 말을 하는 게 목적이었나?"

"아뇨. 전 그저 가설이 참인지 증명하러 온 것뿐입니다."

"허, 그래?"

이제 와서 무슨 소리냐는 듯 에드워드 백작은 어이없게 웃었다.

"이 변경 지역에서 발레리에 대공에게 반역한다면 그 끝은 파멸일 수밖에 없네."

상식적인 에드워드 백작다운 말이었다. 로렌은 침을 삼켰다. 그러나 다음 순간, 백작은 승냥이처럼 웃으며 이렇게 덧붙였다.

"혼자 반역한다면 말일세."

"그 말씀은……."

"내 말 잘 듣게."

에드워드 백작은 단호하게 말했다.

"나는 발레리에 대공에게 반역할 생각이 없네. 하지만 리처드 남작이 혹시나 대공께 반역할 생각인지는 조금 궁금하군. 그의 동맹인 라핀젤 자작의 생각도 말일세."

그 말은 곧 이거였다.

혼자서 반역할 생각은 없다. 그 생각에 동조할 사람을 데려

와라.

'함정일 수도 있겠군.'

로렌은 생각했다. 리처드 남작과 라핀젤 자작이 대공에게 반기를 들었다는 증거를 가져오면, 에드워드 백작이 그 증거를 고스란히 발레리에 대공에게 넘길 가능성이 전혀 없지는 않았다.

그리고 그 증거는 발레리에 대공이 직접 움직일 명분이 되어줄 것이다. 리처드 남작과 라핀젤에게 피할 수 없는 파멸이 찾아오게 되는 것이다.

'너무 위험한데.'

지난 생의 기억을 바탕으로 판단하면 에드워드 백작은 어차피 전국 6걸의 핵심 인사가 되어 발레리에 대공에게 대항한다. 하지만 지금의 에드워드 백작과 지난 생의 에드워드 백작은 이미 다른 길을 걸었다.

라핀젤은 죽지 않았고, 자작령이 라핀젤의 것이 되었고, 발레리에 대공은 에드워드 백작에게 억지로 로어 엘프를 해방시키지 않았다.

사람의 판단이라는 건 자신의 처지에 따라 바뀌는 법이니 지난 생의 기억을 근거로 에드워드 백작을 무조건 신뢰하는 건 그리 현명한 판단이라고 하기는 어려웠다.

'여기선 서두르지 말고 얻을 수 있는 것만 얻어가야겠군.'

그런 결론에 이른 로렌은 에드워드 백작에게 이렇게 말했다.

"제게 시간을 주십시오."

로렌의 말을 들은 에드워드 백작이 교활하게 웃었다. 그가 자신의 말을 올바르게 이해했음을 그 대답으로 알아챘기 때문이리라.

"알았네."

이로써 적어도 에드워드 백작이 지금 당장 리처드 남작에게 선전포고를 할 가능성은 많이 줄어들었다. 얻을 건 얻었다. 그것도 다른 무엇보다 귀중한 시간을 얻었다.

그것으로 만족한 로렌은 에드워드 백작에게 인사하고 그 자리에서 물러났다. 에드워드 백작은 로렌을 잡지 않았고, 경비병을 부르지도 않았다.

이날의 만남은 이것으로 끝이었다.

29장
노는 것처럼 보여도 노는 게 아니다

로렌은 새로 밝혀낸 사실을 라핀젤에게 밝히고 조언을 구했다. 귀족간이나 외교적인 부분에서는 라핀젤이 자신보다 정확한 판단을 내릴 수 있다고 생각했기 때문이었다.

로렌이 실무를 담당했을 때는 이미 귀족이 몰락한 시기였던 탓에 이런 부분에 있어서는 아무래도 부족함이 있었다. 더군다나 라핀젤은 리처드 남작과의 동맹에서 라핀젤이 큰 역할을 해주기도 했다. 조언을 구하는 게 당연했다.

"파티를 열자."

자초지종을 다 들은 라핀젤은 로렌에게 그렇게 말했다. 로렌은 곧 이해했다.

"그러면 되겠군."

로렌은 곧장 파티를 열기 위한 예산을 편성했다. 생각했던 것보다 돈이 많이 들어갔지만 이것도 다 필요한 지출이었다.

명목상으로는 라핀젤 대학 설립을 축하하는 파티였다. 이 변경 지역에 대학이라곤 발레리에 대공령에 있는 것이 전부였기에 명목으로서 부족함이 없었다.

로렌은 파티 초대장 명부를 일사천리로 정리해 냈다. 대학의 교수진들, 자작령의 유력 자산가들, 고위 관료들, 그리고 귀족들.

그레고리 남작, 비브라함 준남작, 덤으로 헨리 준자작도 초대했다.

실제로는 모두 들러리들이다.

이 파티의 숨겨진 목적이란 건 리처드 남작과 에드워드 백작의 정상회담이니까. 그러니 리처드 남작과 에드워드 백작에게는 꼭 좀 와주십사 하는 간곡한 문구를 첨부했다.

발레리에 대공은 초청하지 않았다. 사실 초청하는 게 더 이상하고. 부녀 관계를 끊은 지 얼마나 됐다고 벌써 파티 초청장을 보내겠는가.

준비 기간은 빠듯했다. 열흘이 휙 지나갔다.

*   *   *

　"헨리 준자작은 못 오겠다고 하네. 아버지의 원수인 리처드 남작을 눈앞에 두고 냉정해질 자신이 없다고 해."

　파티 초대장을 보낸 상대들의 답장을 훑어보며, 라핀젤이 그렇게 말했다.

　"양아들 아니었어?"

　로렌의 말대로, 헨리 준자작은 존 준자작의 친아들이 아니었다. 존 준자작에게는 자식이 없었기에 에드워드 백작의 조카를 데려다 헨리의 이름을 주고 양아들로 삼았다.

　이전까지는 그리 널리 알려진 사실은 아니었다. 존 준자작의 죽음을 기회로 준자작령을 뜯어먹으러 왔던 주변 영주들은 그 사실을 몰랐기에 에드워드 백작을 상대해야 하는 불운을 맞이했다.

　다행히 에드워드 백작이 상식적인 인물이라 적당히 항복을 받아주는 선에서 그쳤기에 망정이지, 잘못했으면 그들 모두 멸문지화를 입을 수도 있었다.

　어쨌든 이 일 때문에 헨리 준자작이 에드워드 백작의 조카라는 게 널리 알려졌고, 그래서 로렌도 잘 알고 있었다.

　"양아들이지. 그래서 더 그런 게 아닐까? 대외적인 이미지라는 게 있잖아."

"그도 그렇겠군."

양아들이라는 게 알려질 만큼 알려졌음에도 불구하고, 아니, 오히려 그렇기 때문에 헨리 준자작은 양아버지의 원수 앞에서 외교적인 언사를 행하는 건 꺼려지는 모양이었다. 그렇다고 리처드 남작에게 분노하며 결투를 신청할 수 있는 것도 아니니 말이다. 그건 그냥 자살행위다.

"비브라함 준남작은?"

"역시 초청을 거부했어. 그레고리 남작을 굳이 자기 발로 보러 가고 싶지 않다네."

비브라함 준남작령의 이권은 아직도 전쟁 배상금 명목으로 그레고리 남작에게 넘어가 있는 상태다. 선전포고를 한 게 비브라함 준남작 측이란 걸 생각하면 자업자득이지만, 그렇다고 억지로 호의를 표해야 하냐면 그건 아니다.

"예상대로군."

그 둘이 왔어도 별 상관이야 없지만, 안 온다고 해도 그만이다. 초대장을 보내야 하기 때문에 보낸 느낌이 강하다.

처음부터 그냥 에드워드 백작과 리처드 남작에게만 초대장을 보내면 이 파티의 진정한 목적이 너무 쉽게 간파당한다. 아무리 눈 가리고 아웅이라지만 가릴 건 가리는 게 예의다.

"리처드 남작과 에드워드 백작은?"

그보다 신경 쓰이는 건 다른 누구보다 중요한 주빈들의 동향이다.

"둘 다 온다고 하네."

"됐군."

"그래."

그럼 됐다. 로렌은 안도의 기색을 숨기지 않았다.

"예선은 통과했으니 이제 남은 건 본선이로군."

하지만 그는 곧 다시 긴장의 끈을 팽팽하게 조였다.

이틀 후면 파티가 시작된다.

*   *   *

에드워드 백작은 로어 엘프인 디셈버로 모습을 바꿔 그를 만나러 간 로렌에게 이렇게 말했다.

"나는 발레리에 대공에게 반역할 생각이 없네. 하지만 리처드 남작이 혹시나 대공께 반역할 생각인지는 조금 궁금하군. 그의 동맹인 라핀젤 자작의 생각도 말일세."

로렌은 그 말뜻을 이렇게 해석했다.

'만약 리처드 남작과 라핀젤 자작도 함께 일어서 준다면 에드워드 백작 본인도 거기에 동조할 생각이 없지 않다. 그러니 증표를 가져와라.'

그러나 실제로 증표를 가져오는 것은 지나치게 위험하다. 명백한 물증이 존재해 버리면, 그것 자체가 리처드 남작과 라핀젤 자작의 약점이 되어버리기 때문이다.

그러므로 로렌은 물증을 남기지 않는 방식으로 에드워드 백작에게 확신을 주기로 했다.

즉, 직접 만나서 이야기하면 된다.

이러면 백작도 확신을 얻을 수 있고, 남작과 자작도 물증을 남기지 않을 수 있다. 물론 백작이라는 '증인'은 남지만, 물증에 비하자면 파급력이 약하다. 그리고 그 정도 리스크도 부담하지 못하면 정말로 아무것도 못하게 된다. 감수해야 하는 리스크인 셈이다.

이 파티의 진정한 목적은 그것이었다.

직접 만나서 이야기를 하는 것.

인류가 언어라는 수단을 얻은 이래, 가장 확실하고 익숙한 의사 표현 수단이다.

*   *   *

파티는 성공적으로 마무리되었다.

하객들은 돌아갔다.

자리에는 필요한 사람들만이 남았다.

라푼젤 자작, 에드워드 백작, 리처드 남작.

그리고 로렌.

"로렌, 간만이다."

리처드 남작이 알은척을 했다.

"공력이 상당히 늘었어. 수련을 열심히 한 모양이야."

"남작께서 배려해 주신 덕분입니다."

"아니까 다행이네."

리처드 남작은 킥킥거리며 웃었다.

"그 소년도 기사인가? 이런 자리에 나만 무방비 상태인 것 같아서 기분이 그리 좋진 않군."

에드워드 백작이 불쾌한 듯 말했다. 그러자 리처드 남작은 신경 쓸 거 없다는 식으로 손을 내저었다.

"아직 기사라 할 정도는 아니지, 에드워드 백작. 그냥 애송이에, 어린아이야."

"그런가?"

에드워드 백작은 그제야 로렌의 얼굴을 들여다보았다. 이미 파티를 치르며 통성명 정도는 한 상태이지만 백작이 로렌을 자세히 보는 건 이번이 처음이었다.

"어디서 본 것 같은 얼굴인데."

에드워드 백작은 그렇게 말했다. 로렌의 로어 엘프 모습인 디셈버가 로렌과 닮은 건 당연했다. 동일 인물이니까.

"그야 파티 내내 봤으니."

리처드 남작이 심드렁하니 대꾸했다. 리처드 남작의 무례한 언행에는 에드워드 백작도 이미 익숙해진 터였다.

"그게 아니라… 흠, 내 착각이로군. 내가 본 건 로어 엘프였어."

로어 엘프와 인간은 같은 인류이지만 엄연히 다른 종족이고, 신체 구조도 다른 점이 있었다. 그 신체 구조에는 코나 귀의 높이나 눈의 크기 따위 등도 포함되어 있고, 그렇기에 로렌과 디셈버는 닮았지만 엄연히 다른 얼굴상을 지녔다. 말 그대로 닮은 정도로 끝나는 것이다.

그렇기에 로렌은 자신이 디셈버라는 걸 들키리라는 생각을 하지도 않았다. 에드워드 백작이 명률법에 대해 미리 알고 있었다면 모를까. 첫 만남에서 백작은 로렌이 마법으로 모습을 숨기고 숨어들어 온 줄 알았으니, 명률법에 대해 알고 있을 가능성은 상당히 낮았다.

"로어 엘프도 시야에 넣고 다니나?"

"불가촉천민 말인가. 그딴 건 아랫것들이나 신경 쓸 소리지."

상식적이라 알려진 에드워드 백작답지 않은 말이었다.

"그야 그렇지. 아무래도 좋을 일이야."

리처드 남작은 그런 에드워드 백작의 대답이 마음에 든 건지 다시 웃는 얼굴이 되었다.

"그대야말로 로어 엘프를 해방시켰다고 들었는데, 로어 엘프를 별로 좋아하는 눈치는 아니로군?"

"그대라니! 소름 돋는군. 그냥 너라고 부르시게나."

리처드 남작의 무례하다 못해 광오한 언사에 에드워드 백작은 잠깐 할 말을 잃었다.

"…외교적인 언사가 불가능하다고는 들었지만 정말일 줄이야."

"그래도 만나러 와주신 것에 감사해야 하나?"

분위기가 약간 날카로워지기 시작하자, 로렌은 이쯤해서 끼어들 필요를 느꼈다. 하지만 그럴 필요는 없었다. 라푼젤이 대신 나섰기 때문이었다.

"백작님, 남작님, 자작령에 방문해 주신 것에 다시 한 번 감사드립니다."

"별말씀을. 소문으로만 듣던 아름다운 라푼젤 자작을 직접 뵙게 되어 영광이외다."

에드워드 백작은 유려하게 라푼젤의 감사 인사를 받아넘겼다.

"동맹이 불렀는데, 와야지."

그에 비해 리처드 남작은 변함없이 털털한 어투로 말했다.

"그래서? 파티가 끝났는데 이렇게 셋만 남긴 이유가 뭐야?"

그러고는 곧장 핵심을 찔러온다.

"관계성을 다지기 위해서입니다, 남작님."

로렌이 대신 대답했다. 그러자 리처드 남작은 코웃음을 쳤다.

"나와 전쟁을 하려 드는 적을 상대로 관계성을?"

역시 리처드 남작도 독자적인 루트로 정보를 손에 넣은 듯했다. 상공에서 보는 것만큼 확실하지는 않겠지만, 첩자 몇 명 넣어놓는 것만으로도 얻을 수 있는 정보이기는 했다.

"아직 전쟁이 시작된 건 아니잖습니까?"

로렌은 태연히 그 말을 받았다. 살얼음판을 걷는 기분이었으나 아직 얼음은 깨지지 않았다.

"그건 그렇군. 적이라고 해서 미안하오, 에드워드 백작."

"그 사과는 받아두도록 하지."

에드워드 백작은 아무렇지도 않은 듯 넘겼다.

"그럼 아직은 적은 아닌 에드워드 백작, 내 영토의 경계에 군대를 잔뜩 세워놓고서도 내 얼굴을 보러 온 이유가 뭐요?"

"확실히 하기 위해서요."

가시 돋친 리처드 남작의 말을 태연히 받아넘기며 에드워드 남작은 그렇게 말했다.

"확실히? 무엇을?"

에드워드 백작은 리처드 남작의 질문에 대답하는 대신, 시선을 라푼젤에게로 넘겼다.

"생각해 보니 굳이 숨길 이유도 없기에 밝혀두도록 하지. 내가 군대를 움직인 이유는 발레리에 대공에게서 편지를 받았기 때문이라오."

"편지? 설마 그 편지에 나한테 선전포고를 하라는 지시가 적혀 있었기라도 한 거요?"

리처드 남작의 그 지적에 에드워드 백작은 다소 감탄한 표정으로 남작을 바라보았다.

"생각했던 것보다 눈치가 빠르군."

"그걸 라푼젤 자작에게 말하는 이유가 뭐요?"

"너한테 선전포고를 하면 라푼젤 자작과도 전쟁 상태가 되니 하는 소리지."

갑작스럽게 터진 에드워드 백작의 폭언에 리처드 남작은 놀란 듯 눈을 휘둥그레 떴다가, 자신이 '너라고 불러'라고 한 걸 떠올리기라도 한 듯 껄껄 웃었다.

"지금 질문이 하나 생겼는데, 해도 되겠소?"

"하시게나."

"그 편지를 받은 게 언제요?"

"이제 3주 정도 된 것 같군."

"아항."

리처드 남작은 눈살을 찌푸렸다.

"대공이라는 작자가 추잡한 짓거릴 벌이는군."

"갑자기 무슨 소리를."

"내게 발레리에 대공의 편지가 온 건 한 달 전의 일이야."

이번에는 리처드 남작이 에드워드 백작의 말을 외면하고 라핀젤을 바라보며 말했다.

"그대와의 동맹을 파기하라고 하더군, 라핀젤 자작."

"그래서 뭐라고 답하셨나요?"

"거절한다고 했지."

라핀젤과 리처드 남작의 문답을 들은 에드워드 백작은 그제야 자신이 의문으로 여기던 것의 답을 얻었다.

"이제야 일이 어떻게 돌아가고 있는지 좀 알겠군."

에드워드 백작의 시선이 라핀젤을 향했다.

"이 모든 게 당신을 괴롭히기 위해서란 것도 잘 알겠소, 라핀젤 자작."

"부정하지는 못하겠군요."

"그런데 그대는 어쩌다 그대의 양부와 이렇게까지 사이가 틀어지게 된 거지?"

에드워드 백작이 라핀젤에게 그렇게 물었다.

"제게도 편지가 왔었어요."

라핀젤은 한숨처럼 대답했다.

"어떤 편지였소?"

"자작령을 달라고 하더군요."

백작의 표정이 경악에 물들었다.

"뭐라고 대답했소?"

"싫다고 했죠."

에드워드 백작의 질문에 라핀젤은 담담히 대답했다. 백작이 혀를 찼다.

"그래서 이 사달이 났군."

"그렇다고 봐도 문제는 없겠군요."

라핀젤의 대답을 듣고 에드워드 백작은 납득한 듯 고개를 끄덕였다.

"과연, 잘 알겠소. 그대들은 이미 발레리에 대공에게 싸움을 걸었군. 내가 거기에 휘말린 것이고."

"싸움을 건 것은 아닙니다만."

로렌이 끼어들었기 때문에 에드워드 백작은 그에게 시선을 잠깐 주었다. 에드워드 백작은 영주들 간의 이야기에 끼어든 무례를 범한 비서관을 처벌하라고 외치지는 않았다. 그저 그냥 한숨을 내쉬었을 뿐이었다.

"영주가 된 지 얼마 되지 않은 것으로 보이는 그대들에게 이 변경 지역의 룰을 하나 말씀드리지. 발레리에 대공과 척을 지면 파멸하게 되오. 이건 이 지역에서는 이미 상식이나 다름없소. 하지만 그대들은 그 룰을 어겼고, 그대들을 파멸시킬 망치로 선택된 건 나요."

에드워드 백작은 혀를 쯧쯧 찼다. 이 상황이 그리 마음에 들지는 않는 모양이었다.

"솔직하게 말하자면 나는 이 수렁에 별로 발을 들이고 싶지 않소. 그대들 둘을 상대로 전쟁을 벌여 승리할 자신은 있지만, 나는 전쟁을 하는 내내 리처드 남작을 피해 다녀야 할 테지. 그건 피곤한 일이오. 그렇다고 미성년인 소녀를 상대로 전쟁을 이겨서 명예로울 리도 없지."

그건 정말로 솔직한 발언이었다. 다소 무례하게 느껴질 정도로.

하지만 전부 진실이다. 그 증거로 리처드 남작이 반론하지 않은 채 잠자코 에드워드 백작의 이야기를 기다리고 있었다. 그리고 그 기다림은 헛되지 않았다.

"내 군병들은 이미 긴 전쟁으로 지친 상황이고, 그건 나도 그렇소. 더군다나 내가 치러왔던 전쟁은 핍박당하는 조카를 그냥 내버려 둘 수 없다는 나의 욕심을 위한 것이었고, 나의 백성을 위한 것이 아니었소. 이득이야 적당히 챙겼지만 사람이란 이득만으로 움직일 수는 없는 법이지."

에드워드 백작의 얼굴은 정말로 피로에 찌들어 보였다.

"나는 귀족이지만, 내 이 한 몸이 귀하고 위대하여 사람의 위에 서 있다고 생각하지 않소. 이거야 하이어드들이 귀족을 깔아뭉개고 실권을 휘둘렀던 그레고리 남작령이나 비브라함 준남작령의 예만 들어봐도 알겠지. 혈통이 지배권을 보장해 주진 않소."

에드워드 백작의 그 말은 로렌을 약간 놀라게 했다. 시대의 일반적인 인식을 앞서간 발언이었다. 지금도 용병이든 하이어드든, 귀족을 칼로 찌르는 데는 용기를 필요로 하니까.

하지만 동시에 이것은 에드워드 백작이 영주이기에 할 수 있는 말이기도 했다. 위에서 사람을 움직이기 위해서 필요한 건 혈통이 아니란 걸 그는 경험으로 깨달았을 터였다.

"영주가 영주이기 위해서는 영지민의 지지가 필요하오. 그리고 그 지지를 얻기 위해서는 내 이익과 명예만을 위해서는 안 되오. 당위성, 명분, 정의, 그런 것들이 필요하지. 전쟁에 있어서도 그건 마찬가지라, 이 전쟁은 필요한 일이라고 설득할 수 있어야 내 군병은 비로소 온전한 힘을 발휘할 수 있을 테요."

에드워드 백작은 여기서 다시 한 번 한숨으로 이야기를 끊었다.

"하지만 그대들과의 전쟁은 그런 전쟁이 아니오. 옆에서 봐도 필요한 전쟁이 아니야. 의미 없는 전쟁이자, 쓸데없는 전쟁이오. 이 전쟁을 벌였다간 나도 내 하이어드, 내 군병, 내 영지민의 지지를 상당히 잃겠지. 이건 수렁이요. 이게 수렁이 아니면 뭐겠소?"

에드워드 백작은 전쟁을 벌여서는 안 되는 이유를 명확하게 인식하고 있었다. 그건 로렌에게 있어서도, 라퓐젤에게 있어서도, 리처드 남작에게 있어서도 다행한 일이었다.

꽤나 다혈질로 알려진 리처드 백작이 입을 닫은 채 에드워드 백작의 장광설을 잠자코 듣고 있는 것만 해도 알 수 있는 사실이었다. 에드워드 백작과 싸우게 되면 전투에서 이길 수는 있어도 전쟁에서는 이길 수 없다. 리처드 남작은 그걸 이해하고 있는 것이리라.

"그렇다고 남작에게 선전포고를 하라는 발레리에 대공의 편지를 무시하면 그건 또 그것대로 파멸로 향하는 길이 될 테지. 사실 이미 꽤 아슬아슬하오. 며칠 전에 왜 선전포고를 하지 않느냐는 독촉 편지가 대공에게서 날아들어 왔거든. 대공의 심기를 챙기자면 지금이라도 당장 리처드 남작에게 선전포고를 해야 하는 상황이오."

"그런데도 당신은 여기에 왔지."

리처드 남작이 입을 열었다.

"확실히 하기 위해서."

지금 리처드 남작이 말한 건 에드워드 백작의 입에서 나왔던 말이었다. 리처드 남작은 에드워드 백작을 응시하며 물었다.

"다시 묻겠소. 무엇을 확실히 하겠다는 거요?"

"그러고 보니 그 대답을 아직 하지 않았군."

에드워드 백작은 피식 웃었다.

"내가 어디에 설 것인지를."

그리고 대답했다.

잠시간 침묵이 이어졌다.

"…그래서? 어떻게 확실히 하실 거요?"

리처드 남작이 침묵을 깼다. 그의 입에서 나온 말에 에드워드 백작은 피식 웃었다.

"내게 높임말을 쓰는군, 리처드 남작."

"높임말이 아니라 반공대요."

리처드 남작은 그렇게 지적했지만, 그 지적은 에드워드 백작을 더 유쾌하게 만드는 것에 그쳤다.

"그대는 무례한 척하지만 그 무례함은 무지에서 비롯된 게 아니로군. 자신의 야만성을 드러내어 보이는 쪽이 더 이득이 되리라 생각하고 있어. 그게 실제든 가장이든, 그런 건 별로 큰 문제가 되지 않겠지. 어쨌든 그대는 현명하니까."

에드워드 백작은 어느새 리처드 남작을 가리키는 말을 '너'에서 '그대'로 변경했다. 리처드 백작의 '가장된 무례'를 무시하겠다는 의미인지, 아니면 다시 자기 맘대로 부르겠다는 건지는 불분명했다.

"……."

리처드 남작은 입을 다물었다. 대꾸해 봐야 손해라고 생각한 모양이었다. 그런 리처드 남작을 바라보며 에드워드 백작은 이어서 말했다.

"난 그대가 마음에 드네. 가능하다면 전장에서 마주치고 싶지 않군. 뭐, 그건 물론 내 안위를 생각해서 하는 말이기도 하지만."

"그렇다면."

로렌이 끼어들었다.

"그것이 가능하게 만들면 되겠군요."

에드워드 백작은 지극히 상식적인 반응을 보였다. 라핀젤에게 시선을 보내 설명을 요구한 것이 그것이었다. 이 자리에 동석하는 것은 허락했으나 발언까지 허락한 기억은 없다. 그런 의미를 담은 시선이기도 했다.

백작의 시선을 받은 라핀젤은 로렌에게 눈길을 던졌고, 로렌은 고개를 끄덕였다. 감추고 숨기고 할 여력이 없었다. 지금은 전력을 다해야 할 때였다.

"그는 자작령의 주인입니다."

라핀젤의 폭탄 발언에 에드워드 백작과 리처드 남작이 놀라 자리에서 일어났다.

"세상이 귀족의 혈통을 지니지 않은 영주를 허락하지 않으니 제가 자작령의 주를 자처하고는 있습니다만 실질적인 주인은 그입니다. 받아들이기 힘드시다면 그가 제 하이어드라고 생각하셔도 됩니다."

그레고리 남작이 껍데기만 남았던 영주였듯이, 라핀젤은 자신 또한 그러하다고 말하고 있는 것이나 다름없었다. 그러나 그녀의 표정에는 불쾌해하는 기색이 없었다.

"놀라운 일이로군. 어떻게 그럴 수가 있지?"

"아니, 생각해 보니 그렇게까지 놀라운 일은 아니로군."

리처드 남작과 에드워드 백작이 상반된 반응을 보였다. 남작이 백작에게 눈을 돌려 설명을 요구하자, 백작은 다시 의자에 몸을 묻으며 말했다.

"그녀는 그레고리 남작령에 죽으러 갔던 여인일세. 이 변경 지역에서나마 로어 엘프를 해방시키겠다며 말일세. 로어 엘프도 해방시키는 자야. 어디 듣도 보도 못한 인간 소년에게 영주의 인을 넘기는 일도 있을 수 있단 말이지."

에드워드 백작의 다소 조소가 섞인 발언에도 라핀젤은 별로 화를 내지는 않았다.

"그야 그렇죠. 저를 살린 건 로렌이니까."

그저 그런 태연한 발언을 더했을 뿐이었다.

"로렌이 제게 지혜를 빌려주었기에 저는 살아남았고, 그레고리 남작령에서 로어 엘프를 해방시켰으며, 클레멘스 자작의 군세 또한 물리칠 수 있었습니다."

에드워드 백작의 등이 다시 의자에서 떨어졌다. 라푼젤은 아랑곳하지 않고 계속해서 말했다.

"그러한 공을 세운 이가 자작령의 주인이 되는 건 당연한 일입니다. 그저 귀족의 양녀일 뿐인 이에 비하면 훨씬 더 적합하죠."

"그렇게 말씀하시지 마시죠, 아가씨."

"그렇게 말할 거야, 로렌."

민망함에 듣다못해 입을 연 로렌의 발언에 라푼젤은 고집스럽게 대꾸했다.

"클레멘스 자작의 군세를 물리친 게 자네라고?"

에드워드 백작이 놀라워하며 물었다. 로렌이 그 대답에 고개를 끄덕일 틈도 없이 백작은 뭔가 깨닫기라도 한 듯 손뼉을 쳤다.

"뭔가 감이 잡히는군. 그래, 이제야 알겠어."

에드워드 백작의 손가락 끝이 로렌을 가리켰다.

"자네가 디셈버로군!"

그건 너무 의외의 지적이었기에 로렌은 놀라 입을 다물고 말았다. 어쩌다 그런 미친 생각을 다 하게 되셨어요? 그렇게 묻고 싶어졌지만 생각해 보면 답이 나왔다.

에드워드 백작은 마법에 완전히 무지하지는 않지만 마법사는 아니다. 마법의 한계에 대해서도 그 메커니즘에 대해서도 이해가 완벽하지 않다. 그러니 마법으로 스스로의 종족을 바꿀 수 있다는 마법사가 생각하기론 미친 생각도 가능하다. 왜냐, 무지하기 때문에!

오해에 오해가 곱해지다 보니 어쩌다 진실에 가 닿은 경우지만 이런 경우야말로 과정보다 결과인 법이다.

"디셈버?"

이야기를 다 따라오지 못한 리처드 남작이 고개를 갸웃거렸지만 에드워드 백작은 아랑곳하지 않았다.

"내가 생각하기에 클레멘스 자작의 전략은 완벽했네. 왜 갑자기 다리가 무너져 기사단 전체가 추락사를 당해야 했는지, 부조리하게 느껴졌을 정도네. 하지만 그대라면 그래, 가능하겠지. 좋아, 그렇군. 알겠어."

다소 흥분한 기색으로 에드워드 백작은 고개를 몇 번 끄덕였다.

"그 가능하게 만드는 방법이란 걸 내게 말해주게. 나는 경청할 준비가 되어 있네."

갑자기 손바닥 뒤집듯 바뀌어 버린 에드워드 백작의 태도에 리처드 남작은 황당해했고, 로렌도 기분으로만 치자면 마찬가지였다.

하지만 좋은 기회인 건 사실이었다. 로렌은 자신이 디셈버가 아니라고 변명하거나 다른 소릴 하는 대신, 에드워드 백작에게 가능한 조언을 바로 하기로 했다.

"리처드 남작님께 없는 것이 에드워드 백작님께 있고, 에드워드 백작님께 없는 것이 리처드 남작님께 있습니다. 그리고 두 분께 없는 게 저희 자작령에 있죠."

"남작은 강력한 기사단장이고, 내겐 충성스러운 군병들이 있지. 그리고 자작에게는 마법사가 있고. 내가 이해한 게 맞나?"

"정확합니다. 그리고……"

"그리고 그 정도면 발레리에 공작에게 이기진 못할지라도 단번에 휩쓸리지는 않겠군."

그렇게 말한 건 리처드 남작이었다. 자신의 궁금증을 푸는 것보다 먼저 상황을 이해하기로 마음을 먹은 것 같았다. 그리고 그것은 실로 훌륭한 판단이었다.

"후, 좋아."

에드워드 백작이 양손으로 얼굴을 마른세수하듯 비볐다. 그리고 크게 마음을 먹은 듯 숨을 들이켜더니, 선언했다.

"가능한 수를 쓰겠네."

"……!"

에드워드 백작의 대답에 리처드 남작은 놀라 고개를 들었다. 놀랄 만도 한 대답이었다. 로렌도 마찬가지의 반응을 보였다.

가능한 수를 쓰겠다.

그것은 발레리에 대공의 말을 듣지 않겠다는 뜻이었으니까.

"적극적인 수를 쓰겠다는 뜻은 아닐세."

에드워드 백작이 선을 그었다.

"하지만 '움직이지 않는 것' 정도는 괜찮겠지."

움직이지 않는 것. 그것은 발레리에 대공이 지시한 '리처드 남작에의 선전포고'를 유보하겠다는 뜻이었다. 리처드 남작의 얼굴에 명백한 안도의 빛이 떠올랐다.

"…대공의 분노를 사게 될 텐데요."

라푼젤이 끼어들었다.

"그렇겠지."

에드워드 백작은 쓴웃음을 지었다.

"하지만 대공의 심기를 불편하게 만든 게 나뿐만이 아니었다는 게 밝혀진 이상, 매를 맞아도 다 같이 맞게 되지 않겠나?"

그것은 실질적으로는 발레리에 대공을 버리고 리처드 남작과 라푼젤 자작간의 동맹에 합류하겠다는 의미이기도 했다.

"하지만 굳이 그대들과 우호 선언을 해서 발레리에 대공의 신경을 자극할 생각은 없네. 그건 알아주기 바라네. 내가 그대들과 동맹을 맺게 되는 건 어디까지나 발레리에 대공이 이 변경 지역에 군사력을 투사할 상황뿐일 걸세."

최악의 상황이지, 하고 에드워드 백작은 재미있는 농담이라도 하듯 덧붙였다.

"발레리에 대공이 우리에게 내정간섭을 시도했다는 증거물은 다 갖춰져 있네. 명분에 있어서 우위에 선 셈이라 볼 수 있겠지. 물론 이 명분은 실제 군사력 앞에서는 아무런 도움도 되지 않네만……"

백작은 장난스럽게 웃었다.

"다행히도 발레리에 대공은 명분을 아주 중요시하는 인물이야. 이 우위가 전혀 의미가 없지는 않아."

로렌은 발레리에 대공이 명분을 중시하는 이유를 알고 있다. 중앙정부와 다른 대공들 때문이다. 발레리에 대공은 더 거대한 적들을 상대로 그 자신의 싸움을 벌이고 있으며, 자신의 영향권인 변경 지역에 그들이 개입할 명분을 줘서는 안 된다.

그러니 발레리에 대공은 아무 명분 없이 그냥 화가 난다는 이유만으로 군사를 일으킬 수는 없다. 명분에 있어서는 이쪽이 우위에 섰다는 것도 이해하고 있을 테니 더더욱 쉽게 움직이기 힘들 것이다.

발레리에 대공이 직접 군사를 일으킬 수 있을 정도로 적절한 명분을 쌓기 위해서는 꽤 많은 시간을 공작에 투자할 필요가 있을 것이다.

"리처드 남작, 그대를 직접 만나보지 않았다면 이런 결론을 끌어내기는 힘들었겠지. 내 생각에 그대는 다혈질에 몰상식한 데다 앞뒤 구분 못 하고 뛰어드는 전투광이었다네. 그런 놈을 동맹으로 삼다니, 자살행위지. 하지만 직접 만나본 그대는 내 생각과 다른 인물이었네."

에드워드 백작은 가볍게 흥분한 기색으로 리처드 남작을 보며 단번에 말했다. 그리고 이번에는 로렌에게 시선을 돌렸다.

"그리고 로렌 자작, 앞으로는 그런 깜짝 쇼는 자제해 줬으면 좋겠군. 하지만 그대의 능력을 알아보는 데 그보다 더 나은 방편은 없었던 것 또한 인정하도록 하겠네. 무엇보다 만약 발레리에 대공과 가장 가까운 곳에 위치한 것이 그대의 영지고, 그대가 쉬이 무너지지 않으리라는 확신이 섰네."

로렌 자작. 에드워드 백작은 그런 표현을 썼다. 자작령의 주인이 귀족이 아니라도 상관없다는 의미나 다름없었다. 라푼젤이 웃고 있었다. 어떤 의미에서는 자신이 무시당한 것임에도 불구하고, 그녀는 이 상황이 즐거운 모양이었다.

"그래서 나는 '확실히' 하겠네."

에드워드 백작은 선언했다.

"지금을 기점으로 그대들은 나를 잠재적인 우군으로 생각해도 좋네."

*   *   *

로렌은 자신의 등이 식은땀으로 젖어 있었음을 그제야 깨달았다. 그동안 긴장의 끈을 팽팽히 당겨놓은 상태였기에 때문에 자각하는 것이 늦었다.

'나 때문에 꼬였던 역사가 원래 자리를 되찾는군.'

구성원은 조금 다르지만, 전국 6걸의 재결성이나 다름없었다. 그런 의미에서는 이전 삶의 역사가 재현되었다고 볼 수 있었다.

그러나 이게 좋다고만 볼 수는 없다. 이전 삶의 역사에서 전국 6걸의 운명은 결국 파멸로 끝나니까.

에드워드 백작이 가장 먼저 죽고, 리처드 남작 또한 산화한다. 발레리에 대공 또한 리처드 남작의 전투 망치에 맞아 사망하고, 6걸 중 배신자 4걸만이 역사의 승리자로 남는다.

이 결말에 도달해서는 안 된다. 그러므로 로렌은 라푼젤과 함께 살아남기 위해서 한 번 더 역사를 뒤틀어야 한다.

"나는 헨리 준자작령에 가야겠어. 만약 발레리에 대공이 다음 공작을 펼친다면 그 대상은 내 조카가 될 가능성이 높으니까."

에드워드 백작은 그렇게 말하며 자리에서 일어나려고 했다.

"안 됩니다, 백작님."

하지만 로렌은 그런 백작을 말렸다.

"왜지?"

"헨리 준자작령에 가는 건 위험합니다."

왜냐하면 '지난 생'의 배신자 4걸 중에 한 명이 헨리 준자작이니까. 그렇게 말할 수야 없었다. 조카가 삼촌의 원수인 발레리에 대공과 기쁘게 손을 잡고 리처드 남작을 핍박하는 데 앞장섰다고 어떻게 말할 수 있겠는가? 그러니 로렌은 다른 식으로 말해야 했다.

"헨리 준자작은 에드워드 백작님의 후계자입니다. 백작님께서 돌아가시면 헨리 준자작이 에드워드 백작위까지 함께 잇게 되죠. 그리고 백작님은 열흘 이상 발레리에 대공의 재촉을 무시했습니다. 헨리 준자작에게 대공의 편지가 이미 도착해 있을 가능성이 높습니다."

로렌은 거기까지만 말했다. 직접적으로 본론을 말하는 건 에드워드 백작에게는 지나치게 자극적이니까.

"…그대는 지금 내 조카가 날 암살할 수도 있다고 내게 말하는 건가?"

그리고 사실 본인이 떠올리는 편이 더 강렬한 자극으로 와닿을 것이다.

"역사적으로 자주 일어난 일이지요. 하다못해 부자 관계에서도 일어나는 일입니다, 백작님."

로렌은 에둘러 긍정했다.

"만약 헨리 준자작에게 발레리에 대공의 편지가 도착하지 않았다면 그건 그것대로 좋습니다. 준자작이 대공의 공작에 휘말리지 않은 것이니까요. 이 경우에 백작님은 준자작을 그냥 내버려 두시면 됩니다."

로렌은 손가락을 꼽아가며 설명했다.

"그리고 준자작이 대공의 편지를 받고 분노해서 대공에게 대항할 마음을 먹었다면 준자작이 먼저 백작님께 접촉해 올 것입니다. 그때는 같이 계략을 세우시면 됩니다."

로렌의 두 번째 손가락이 접혔다.

"마지막으로 헨리 준자작이 발레리에 대공의 편지를 받고 다른 마음을 품게 되었다면 백작님과 직접 접촉하려고 하지는 않을 것입니다. 백작님이 먼저 만나게 되실 상대는 준자작이 보낸 암살자일 테니까요."

로렌의 세 번째 손가락이 접혔다.

"그러니 백작님께서 준자작령에 직접 발걸음을 하지 않으셔도 모든 것이 곧 명백해질 겁니다. 하지만 준자작령에 직접 가신다면 결관이 조금 더 빨리 나겠죠. 발레리에 대공은 준자작과 확실히 접촉하게 될 테니까요."

"그렇군. 내가 헨리를 만나러 가게 되면… 내가 조카에게 마음을 쓰고 있다는 걸 알고서도 그냥 내버려 둘 대공이 아니니."

에드워드 백작은 그제야 알아들었다는 듯 고개를 끄덕였다.

"알았네. 사실 주변을 돌아다니면서 우리 편이 되어줄 만한 영주들을 좀 더 모아볼 생각이었네만, 그 시도는 접어두는 게 낫겠군."

"아쉽지만 그 말씀이 맞습니다."

아군은 많을수록 좋지만 잠재적인 배신자는 없을수록 좋다. 그리고 지난 생의 기억을 지닌 로렌은 에드워드 백작이 끌어들인 아군이 모두 배신자가 될 수도 있다는 걸 잘 알고 있었다. 그러니 이번에는 6걸을 모으는 것보다는 여기 모인 이 세 영주의 힘으로 난국을 헤쳐 가는 것이 더 나았다.

'작은 것부터 바꿔 나가야지.'

로렌은 새삼 다짐했다.

*　　　　*　　　　*

"목 앞에 드리워진 칼날이 치워진 기분이야."

리처드 남작은 자신의 목을 손으로 만지며 그런 소릴 했다.

"나야 에드워드 백작을 전장에서 만나면 바로 머리를 부숴줄 자신이 있긴 하지만, 에드워드 백작도 나만 안 만나면 우리 영지를 부숴줄 자신이 있었겠지. 하… 지킬 게 있다는 건 부담스럽군. 영주 주제에 내 몸만 건사할 순 없으니."

그거야 로렌도 마찬가지였다. 마법과 명률법으로 백작의 집무실에도 숨어들어 갈 수 있는 로렌이지만 그래도 역시 에드워드 백작과의 전쟁은 부담스러웠다. 리처드 남작과 똑같은 이유로 말이다.

그 전쟁을 일단 회피할 수 있게 됐으니 한시름 놓은 건 매한가지였다.

"그건 그렇고 충격적인 사실을 많이 알게 된 하루로군. 그렇지 않나? 로렌 자작."

남작의 목소리는 어디까지나 장난스러웠다. 평범한 귀족이라면 자신을 속였다며 화를 내야 할 대목이었지만 역시 남작은 달랐다.

"일단 대외적으로는 라푼젤 아가씨께서 자작이신 게 맞습니다만."

"그거야 별로 중요하지 않지."

그걸 별로 중요하게 여기지 않을 귀족은 이 변경 지역에서는 리처드 남작과 그레고리 남작 정도가 아닐까. 로렌은 생각했다.

에드워드 백작조차도 로렌이 디셈버라고 오해하기 전까지는 무시했으니 말이다. 아니, 사실 그 오해는 오해가 아니지만 그거야말로 별로 중요하지 않다.

"뭐, 그래도 건질 건 건졌으니 나로서는 더할 나위 없이 만족스럽지만. 너한테는 보답을 해야겠군, 로렌."

그렇게 말하고는 일어선 리처드 남작은 로렌의 등을 두 번 팡팡 쳤다. 그러자 잠깐의 고통 후에 20년 분량의 공력이 로렌의 몸 안에 쏟아져 들어왔다.

"자아, 이제 넌 기사다. 축하한다, 로렌."

리처드 남작은 아무렇지도 않게 말했다.

"동맹군에 기사 한 명이 늘었으니, 전력이 확충되었군. 좋은 일이야."

"이런 걸 그냥 꼬마한테 알사탕 주듯이 줘도 되는 겁니까?"

로렌이 어이가 없어져 묻자 리처드 남작은 껄껄 웃었다.

"난 괜찮아. 특이체질인지 뭔지 밥만 잘 먹고 다녀도 공력이 차오른다고. 그러니 나한테 이 정도 공력쯤 받았다고 부담스럽게 느끼지 마라. 그렇다고 너 말고 아무한테나 이런 거 해주는 것도 아니긴 하다만."

"부담이 없어지려다가 다시 부담스러워졌는데요."

로렌의 말에 남작은 유쾌한 듯 웃다가 짐짓 진지한 체하며 이어 이렇게 말했다.

"나라고 눈치가 없는 게 아니다. 너 덕분에 우리 영지가 살았어. 물론 너도 너희 영지를 위해 한 일이겠지만 그렇다고 고마워할 필요가 없어지는 건 아니지. 적어도 기사 한 명 분량의 공력을 주는 게 아까울 정도는 아니야."

"그렇게 말씀하시니 고맙게 받겠습니다."

"그래, 그래라."

남작은 다시 웃는 낯이 되었다. 그러다 문득 장난기라도 든건지 씨익 웃었다.

"공력만으로는 보상으로 조금 부족한 걸지도 모르겠군. 그렇다고 또 공력을 주는 건 좀 그렇고, 네가 비밀 하나를 밝혔으니 나도 비밀 하나를 밝히도록 하지."

"비밀이요?"

"난 사실 하프 오크의 자식이다."

리처드 남작의 폭탄 발언에 로렌은 놀라 눈을 휘둥그레 떴다. 그런 로렌의 반응을 즐기기라도 하듯, 남작은 빙글빙글 웃었다.

"겉보기에는 그냥 인간처럼 보이지만 사실 오크의 피가 섞였지."

로렌은 갑작스레 밝혀진 진실을 곱씹기 위한 시간이 얼마간 필요했다.

'리처드 남작의 라푼젤에 대한 이유가 없어보였던 호의의

이유가 이것이었나!'

이유가 없어 보였지만 사실 그 이유가 있었던 셈이다. 더불어 고작 오크 기사 바투르크에게 가르침을 받는다는 이유로 로렌에게 10년의 공력을 넘겨진 이유도 이것이었을 것이다.

그런 식으로 생각하면 리처드 남작의 행동에는 다 이유가 있었고, 앞뒤가 맞았다. 바투르크야 리처드를 망나니라고 말했지만, 그것조차도 계산된 행동이었으리라. 에드워드 백작의 리처드 남작에 대한 평가는 정확하게 맞아든 셈이었다.

"…영주로서 치명적인 약점 아닙니까? 그런 걸 제게 밝혀도……."

로렌이 그렇게 입을 열기까지는 그럭저럭 시간을 필요로 했다. 그런 로렌의 말에 이번에는 리처드 남작이 어이없어 했다.

"넌 뭐 치명적인 약점 아니냐? 이런 인간 꼬마가 자작령의 막후 실세라니. 우리 영지였으면 하이어드들이 다 들고 일어났어, 인마. 물론 우리 영지 하이어드들은 내가 다 죽여 버리긴 했지만."

짓궂게 웃곤, 리처드 남작은 말에 올랐다.

"딴 놈들한텐 비밀이다. 너만 알고 있어. 특히 바투르크한테 말하면 죽는다."

대체 남작과 바투르크 사이에 무슨 일이 있었는지 새삼 궁금해지는 대목이었지만, 로렌은 호기심을 꾹 눌러 참았다.

"안 말해요. 알고 있기도 부담스럽고. 그냥 잊어버릴래요."

"그러든지. 그럼 앞으로 잘 부탁한다, 동맹 형제."

그게 인사였던지, 리처드 남작은 뒤도 안 돌아보고 휙 가버렸다.

"폭풍 같은 사람이네."

뒤에 서 있던 라푼젤이 그제야 입을 벌려 말했다.

"정말 그래."

로렌도 동의했다.

30장
새로운 경지

리처드 남작 덕에 공력이 크게 는 로렌은 시험 삼아 구유카
르크에게서 배운 라부아지에류 비검술을 펼쳐보기 시작했다.

다른 비검술은 어떨지 모르나, 라부아지에류 비검술은 거칠
게 표현해서 칼을 집어던지는 기술이다. 칼이라고는 해도 그
냥 칼은 아니다. 일반 검보다는 작은 4개의 비검(飛劍)을 다루
며, 비검의 손잡이 부분에는 끈을 매어둔다.

낮은 수준에서는 비검을 던지는 손아귀에 공력을 싣지만,
수준이 올라갈수록 비검에 직접 공력을 불어넣어 집어던진다.

이렇게 발출(發出)된 비검은 엄청난 위력을 발휘한다. 살을

뚫고 뼈를 베는 것으로도 모자라, 실린 공력의 양과 질에 따라서는 강철 갑옷을 두부처럼 베고 바위마저 파괴한다고 한다.

물론 로렌은 아직 그 수준에는 이르지 못했다. 배운 지 얼마나 되었다고 그 수준에 오를 수 있겠는가?

더욱이 이 비검술은 실전용 검술로, 사용할 때마다 공력을 쌓기는커녕 엄청나게 소모한다. 그렇기에 연습조차도 마음껏 하지 못하고 있었는데, 리처드 남작 덕에 원 없이 연습할 수 있게 된 것이다.

"이제야 좀 알겠군."

그리고 연습 끝에 로렌은 드디어 비검에 공력을 싣는 데 성공했다. 그냥 칼을 강하게 집어던지는 수준에서 드디어 벗어나게 된 것이다.

로렌은 구유카르크에게 가서 비검술의 성취에 대해 보고했더니, 구유카르크는 박수를 짝짝 치고는 이렇게 말했다.

"축하드린다, 비서관 어르신. 어르신께서는 경지에 오르셨다."

구유카르크는 무슨 생각인지 로렌을 비서관 어르신이라 부르는 경향이 있었다. 몇 번 말렸지만 그만두지 않기에 로렌도 방치하게 되었다.

"경지 말입니까?"

참고로 구유카르크도 로렌이 자신에게 반말을 써달라고 한 적이 몇 번 있었지만, 로렌은 무시하고 계속 높임말을 썼다.

"바투르크 경이 어르신을 제게 보낸 이유가 이것이다. 라부아지에류 비검술은 가장 빠른 시기에 가장 적은 공력으로 무기에 공력을 싣는 법을 배우는 검술. 어르신께서 이를 체득하셨으니 이제 다른 기사도 류파의 무기술을 체득할 때도 더욱 빠른 성취를 기대하실 수 있을 것이다."

그렇게 된 거였나. 구유카르크의 말을 듣고 로렌은 납득하여 고개를 끄덕였다. 기사도를 처음 배웠을 때는 공력이 근육에 머물러 그저 힘을 강하게 만드는 데 그쳤지만, 그걸 움직여 몸 안을 회전시키는 법을 배우고, 말에도 전달하고 보냈던 공력을 되돌려 받는 법도 깨우쳤다. 그리고 무생물인 무기에 공력을 불어넣는 것이 그 다음 경지였다.

"이로써 어르신께서 비검술의 기본을 깨우치셨으니, 정식으로 라부아지에류 비검술 1절을 새로 전수하겠다. 비검술은 6절까지 존재하며, 6절에 이르렀을 때 어르신께서는 던진 칼의 궤도를 바꾸고 회수하는 것도 자유자재로 할 수 있게 되실 것이다."

지금은 던진 칼의 회수를 쉽게 하기 위해 칼에 끈을 달아두었지만, 이 끈은 자전거로 치면 보조 바퀴와 같은 것으로 비검술에 숙련되면 떼어버릴 수 있다고 한다.

구유카르크에게서 새로운 경지에 대한 이야기를 들은 로렌은 가슴이 뛰는 것을 느꼈다. 그는 열의를 갖고 비검술 수련에 돌입했다.

*   *   *

비검술 훈련을 열심히 하는 건 좋지만 공력의 소모가 말 그대로 장난이 아니라 이대로 두면 리처드 남작에게 받은 공력을 몽땅 다 써버리는 것도 시간문제였다.

그렇기에 리히텐베르크류 검술과 기마술, 로렌류 기마술을 번갈아 수련해서 써버린 공력을 다시 쌓아야 했다.

그러면서 새로 깨닫게 된 것이 로렌의 말인 조지 2세의 한계였다.

로렌이야 서로 다른 기사도 류파의 기마술을 마음껏 써도 아무런 상관이 없었지만 조지 2세는 그렇지 않았다. 그렇다고 바투르크가 경고한 것처럼 근육이 잘려 나가거나 폐인 아닌 폐마가 되는 일은 없었지만, 명백하게 힘에 부쳐하는 기색이니 무리를 시킬 수는 없었다.

말을 한 마리 더 구해서 갈아타가며 수련하는 것도 한 가지 방법이었지만, 로렌은 다른 방법을 시험해 보기로 했다.

"그래서 내 위에 올라타서 기마술을 써보고 싶다는 거야?"

"응. 이 경우는 기마술이 아니라 용기술(龍騎術)이 되겠지."

스칼렛에 타서 기마술을 수련해 보기로 말이다.

이 세계에서야 용을 탄다는 발상 자체가 광인의 발상이지만, 로렌은 지구인이었다. 용기병(龍騎兵) 정도야 소설이든 영화든 잔뜩 나온다. 그리고 로렌은 이미 스칼렛을 타고 다니고 있다. 용기술을 수련하겠다는 발상이야 차라리 자연스러웠다.

"좋아, 재밌겠는데? 한번 해보자."

스칼렛도 의외로 흥미가 돋은 듯 반응을 보였다. 날 말 취급 하냐고 화를 낼 줄 알았더니 그렇지도 않은 모양이었다.

명룔법으로 모습 먼저 숨기고, 로렌은 스칼렛에 타서 공력을 회전시키기 시작했다. 조지 2세에 타서 기마술을 펼칠 때는 말이 달리는 기세에 맞춰서 적당히 맞추면 됐었지만 스칼렛은 하늘을 나니 그럴 수 없었다. 그렇기에 익숙해지기까지는 꽤 시간이 걸렸다.

더군다나 스칼렛의 체구가 커서 그런지, 기마술을 펼치기 시작하고도 한참 동안이나 공력이 빨려 들어가기만 했다.

빠져나간 공력이 메아리 없이 답을 안 하니 답답해졌던 로렌은 꽤 많은 양의 공력을 더 밀어 넣었다.

로렌이 뭔가 잘못된 게 아닐까 불안해질 무렵에야 반응이 왔다.

"우와, 이상한 기분이야! 뜨거운 게 내 몸 안으로……!"

가장 먼저 반응한 건 당연하게도 스칼렛이었다.

"힘이 주체 못 할 정도로 넘치고 있어!"

스칼렛은 힘껏 날갯짓을 했다. 그리고 드디어 한 바퀴를 돈 공력이 로렌에게 되돌아왔다.

쿵!

"으억!"

로렌은 비명을 질렀다. 상상도 못 한 거대한 힘이 로렌의 몸을 꿰뚫고 지나가는 듯했다. 로렌은 돌아온 공력이 그냥 빠져나가는 것을 막기 위해 필사적으로 회전시켰다. 그 어느 때보다도 위험한 순간임을 그는 본능적으로 알았다.

로렌이 회전시킨 공력은 로렌의 전신 근육을 한 번씩 훑고, 다시 스칼렛에게로 향했다.

"로렌! 로렌!!"

그 거력(巨力)을 맛본 스칼렛도 그 자리에서 전율했다. 그녀의 몸이 굳는 것을 로렌은 맞댄 피부로 알았다.

"뜨거워, 로렌!!"

스칼렛은 추락하기 시작했다. 아주 잠시간의 추락이었으나, 죽음의 공포를 느끼기엔 충분한 시간이었다. 스칼렛은 날개를 펼쳐 활공했다. 그녀의 날개가 바람을 가득 받았다.

쾅!

"으아악!!"

로렌은 다시금 비명을 내질러야 했다. 이제까지보다 훨씬 큰 충격이 로렌의 전신을 내달렸다. 공력의 거파(巨波)가 로렌을 습격한 것이다.

텅! 텅! 텅! 텅! 텅!!

회전되는 공력은 몸 여기저기를 터뜨리고 다녔다. 바로 눈앞에서 불꽃놀이를 보고 있는 기분이었다.

여기서 정신을 놓으면 모든 게 끝장이다.

직감한 로렌은 거력을 제어하기 위해 전심전력을 다 쏟았다.

다음 순간.

로렌은 시내가 강이 되고 대하(大河)가 되었다는 것을 알았다.

공력이 오가는, 근육과 근육을 잇는 좁은 통로가 넓어져 온몸의 공력이 자연스럽게 흐르기 시작했다. 이렇게 되니 공력이 흘러 다니는 것이 더 이상 고통이 될 수 없었다. 그것은 차라리 쾌감이었다.

공력의 흐름에 막힘이 없으니, 더 이상 단번에 공력을 스칼렛에게 보낼 필요가 없었다. 로렌은 자연스럽게 공력을 스칼렛에게 흘려보내기 시작했다.

거기서 로렌의 기마술은 일변했다. 아니, 더 이상 그것을 기마술이라 부를 수는 없었다. 완전히 다른 기술, 굳이 이름을 붙이자면 로렌류 용기술이라 칭하는 것이 적절하리라.

"아아……! 로렌……!!"

스칼렛은 다시 로렌의 이름을 불렀으나 조금 전까지와는
전혀 달랐다. 몸이 굳어 추락하는 일도 더 이상 없었다. 그녀
는 황홀경에라도 잠긴 듯 보였다.

        *   *   *

꿈결 같던 비행을 마치고 내려오자 로렌에게 변화가 생겼
다.

로렌과 스칼렛의 사이를 오가며 큰 강물처럼 흐르던 공력
의 움직임은 그가 스칼렛의 등에서 내려오면서 한 번 멈췄다.

기이한 일이 생긴 건 그 다음이었다. 각부 근육으로 돌아가
야 할 공력이 다 되돌아가지 않고 몸 한구석에 고이더니, 그
자리에 자리를 잡아버린 것이다. 근육에 담을 수 있는 한계치
까지 공력이 담기자, 남은 공력들이 멋대로 그 부근에 모여든
것 같았다.

그 위치는 근육도 별로 없는 명치 부근이었다.

원래 공력은 근육에 머무는 것이라고 알고 있던 로렌은 이
현상에 혼란스러웠으나, 싫어할 일은 아니었다. 일단 공력의
양이 대폭 늘었기 때문이다. 비행 전에 갖고 있었던 공력의
딱 두 배였다. 그리고 이렇게 모인 공력은 사용하려고 들면 정

상적으로 사용이 가능했다.

더불어 비검술을 수련하느라 공력을 잔뜩 쓰고 나면, 그 공력이 아무것도 안 해도 다시 채워지기까지 했다. 마치 공력에 인력이 생겨 원래 있는 공력이 사용했던 공력을 도로 빨아들이는 것 같았다.

놀라운 일이었지만 좋아할 일은 맞았다. 하지만 변화는 이게 전부가 아니었다. 가장 충격적인 변화는 이것이었다.

키가 컸다.

키만 큰 건 아니었다. 몸 전체가 불어났다. 원래부터 회복 주문을 꾸준히 걸어온 탓에 또래보다 훨씬 몸이 컸던 로렌이었지만, 그것은 근육의 이야기였지 기골의 이야기는 아니었다. 그리고 스칼렛과의 비행 전까지는 13세의 나이로 10대 중반처럼 보였었다.

그러나 지금은 그렇지 않았다. 물리적으로 이게 가능한 건지 싶을 정도로 로렌은 커져 있었다. 불과 몇 시간 전에 10대 중반처럼 보였다면, 지금은 10대 후반처럼 보였다. 앳된 얼굴이 아니라면 조금 체구가 작은 청년으로 보일지도 모를 일이다.

어째서 갑자기 이런 일이 일어났는지는 로렌도 모르지만 인과관계상 아무래도 스칼렛과의 비행을 원인으로 짚는 게 맞는 것 같았다.

그리고 몸이 커졌으므로 사실 이것도 말이 안 되는 것 같지만 어쨌든 마법도 성장했다.

"황당하군."

삼중 마법 서킷을 열고서 로렌은 이걸 좋아해야 할지 말아야 할지 고민했다. 결과만 놓고 보자면 좋아해야 할 일이 맞았지만 그 과정 전체가 납득이 안 갔기 때문이다.

마법사들은 마법 서킷이 자신의 뇌 속에 존재한다고 믿는다. 마법사의 뇌를 해부해 봐도 마법 서킷을 담당하는 기관 같은 건 발견되지 않았기 때문에 물질적으로 실존하는 것은 아닌 게 맞지만, 어쨌든 그렇게 믿어왔다.

그렇기에 로렌도 자신의 마법 서킷 성장에 제동이 걸린 것이 부족한 뇌의 성장 때문인 줄 알고 있었다. 10대 초반의 나이로 이중 마법 서킷을 만들어내는 경지에 오른 것은 로렌이 유일하다. 그런 가설을 세워도 이상할 게 없었다.

그런데 정작 뇌는 놔두고 몸만 커졌는데 삼중 마법 서킷이 열렸으니 그동안 로렌이 믿어왔던 가설이 그대로 뒤집힌 결과이지 않은가? 아니, 로렌은 사실 이걸 가설도 아니고 그냥 진실이라고 믿어왔다. 그래서 충격은 더 컸다.

어쨌든 삼중 마법 서킷이 열렸으니 또 다른 주문 능력을 사용할 수 있게 되었다. 재능이 없는 자가 시도하면 그 자리에서 뇌가 터져 죽는다고 악명 높은 삼중 융합 주문이 그것이었다. 사용할 줄 아는 자가 거의 없었기에 로렌이 독자적으로 개척해야 했던 경지였다.

대표적인 삼중 융합 주문은 바로 폭발 주문이었다. 화염 폭발이 아니라, 그냥 폭발.

이름부터가 수수해 보이지만 실상은 다르다.

화염 폭발이나 전격 폭발, 파괴 광선은 폭발과 파괴를 위해 필요한 지점에 투사체를 날릴 필요가 있다. 1초든 순간이든, 투사체가 날아가며 상대에게 신호를 보내준다는 이야기다.

전격 폭발 정도 되면 그냥 번개 한 줄기가 날아가므로 이게 무슨 약점이 되냐고 생각하게 될지도 모른다. 하지만 로렌이 그레고리 남작령에 있을 때의 일을 떠올리면 그렇지가 않다. '오크의 피' 수장이 날아오는 번개를 보고 전격 폭발을 휙 피해 버린 걸 보면 그게 약점이 안 된다고 할 수는 없다.

그런데 폭발 주문은 그런 거 없이 그냥 폭발한다. 쾅! 하고. 마치 예전부터 거기에 미리 다이너마이트라도 묻어뒀던 것처럼.

이 효과를 내기 위해서 마법 서킷이 세 개나 필요하고 융합까지 해서 주문을 만들어내야 한다는 게 이상하게 느껴질지도 모르지만, 전술적으로든 전략적으로든 충분히 그 값을 하는 주문이다. 로렌 하트가 괜히 심혈을 기울여 개발해 낸 주문이 아니다.

이 주문으로 휘말려 죽은 피해자는 자신이 왜 죽는지도 모르고 죽는다. 실전에서 사용해 본 후, 로렌 하트는 주문의 이름을 '필살'로 바꿔야 하나 고민했을 정도다.

새로 얻게 된 주문 능력은 삼중 융합 주문뿐 만이 아니다. 로렌은 동일 주문을 여러 개 겹쳐 폭발적인 시너지 효과를 내는 연쇄 주문도 혼자서 쓸 수 있게 되었다.

본래 지난 생의 로렌 하트가 군사용 마법의 필요성을 느껴 엘리시온 왕국 시절의 고문서를 연구해서 개발해 낸 방식인데, 이 또한 혼자 쓸 수 있었던 건 로렌 하트 정도였다. 하지만 제자들에게 가르쳐 지금껏 잘 써먹기도 했으니 개발한 값은 한 셈이다.

마지막으로 세 개의 마법 서킷에서 마법을 연사하는 육연 주문도 시전이 가능해졌다.

마법 서킷은 마력을 밀어 넣어 주문을 완성할 때마다 열기를 띠는데, 지나치게 혹사하면 과열되어 일정 시간 동안 마법을 사용할 수 없게 된다.

하지만 마법 서킷이 세 개가 되면서 개틀링포처럼 서킷을 돌려가며 마법을 연사하면 이 문제의 폐해를 얼마간 경감할 수 있게 된다.

이름이야 육연 주문이지만 마법 화살 정도로 단순하고 마력 소모가 적은 주문이라면 열 번이고 백 번이고 한계까지 쏴

댈 수 있기에 전장에서의 마법사 역할을 극대화할 수 있는 방식이기도 했다.

만약 로렌 하트가 김진우로서의 지구 지식을 갖고 있었다면 개틀링 주문이라고 명명했겠지만, 이미 명명한 주문명을 지금 와서 갈아엎을 생각은 없었다.

육연 주문으로 사용할 수 있게 되는 대표적인 능력은 '비행'이다.

아직 삼중 마법 서킷을 사용하지 못하는 마법사나 일반인들에게는 비행 주문이라고 얼버무리는 경향이 있지만, 그 실체는 도약 주문을 연속해서 사용하는 것이었다. 도약, 활공, 방향 전환, 전부 도약을 시전해서 해결했다. 이런 식이다 보니 당연히 마력 효율은 엉망에 가까웠다.

더군다나 로렌은 스칼렛을 타고 다닐 수 있기 때문에 이번 생에서 사용할 일은 그냥 없다시피 할 것이다. 하지만 지난 생에서 이 비행 주문의 시험 사용 덕에 그랑 드워프의 유적과 그 유산인 방주를 발견해 냈으니 존재 의의가 없었다고 할 수는 없었다.

"뭐, 에드워드 백작에게 했던 거짓말을 사실로 만든 것이기도 하니 앞으로는 양심의 가책을 느낄 필요가 없어진 건 좋군."

로렌은 에드워드 백작에게 하늘을 날아다닐 수 있다는 건 밝혔지만, 스칼렛의 존재를 숨기느라 어떤 방식으로 날아다니는지는 얼버무렸다. 그래서 에드워드 백작은 멋대로 디셈버, 그러니까 로렌이 대마법사라고 착각했고.

그런데 이제 삼중 마법 서킷을 손에 넣어 정말로 마법으로 날아다닐 수 있게 됐으니 거짓말을 사실로 바꿔낸 셈이 되는 것이다.

"후… 역시 이중과 삼중은 차원이 다르군."

자신의 능력을 점검하며 로렌은 그렇게 독백했다.

이제까지도 모건 르 페이와 함께 마법진을 그려가며 삼중 마법 서킷을 쓰는 효율을 낼 수 있다고 생각이야 해왔지만, 실제 삼중 마법 서킷의 경지는 그것과 비견이 되지 않는다.

용의 연대 같은 옛날 옛적 마법 방식과 현대의 마법 방식을 어떻게든 융합해 보려고 해도 그게 하루 이틀 만에 될 일도 아니니 당연한 것이었다.

과정이야 다소 납득이 안 가는 면이 있다고는 해도 전력적으로 이렇게 대폭 성장해 버리면 어디다 항의할 기분도 안 드는 게 솔직한 심경이긴 했다.

"기뻐해야 하는 게… 맞는 거겠지."

더군다나 로렌이 얻은 게 이게 전부가 아니었다.

*   *   *

스칼렛이 강해졌다.

그것도 인간형일 때.

로렌이 회전시킨 공력을 받은 그녀의 몸에도 일정량의 공력
이 머물게 된 탓이었다.

기사 수준은 아니고 공력을 활용하는 방법도 몰라 그냥 힘
이 세진 정도였지만, 그 세진 정도가 상상 이상이었다. 지금이
라면 왠지 할 수 있을 것 같다며 집채만 한 바위를 뽑아다 던
질 땐 로렌도 황당해서 입을 쩍 벌렸다.

"드래곤이라 그런가?"

로렌의 말에 스칼렛이 고개를 저었다.

"명률법을 써서 인간으로 변해 있으니 지금의 난 그냥 인간
이야."

"그냥 인간은 저런 바위 같은 거 못 던져."

"그런데 던졌잖아."

"……."

할 말이 없었다.

일이 이렇게 된 이상 로렌은 스칼렛을 자신의 종자로 받아
들이기로 했다. 그가 정식 편제에 들어가 기사로서 움직일 때
등 뒤를 지켜줄 전력으로 충분해 보였기 때문이었다. 생각해
보면 인간의 전쟁에 끼어드는 거라 좋아할 일이 아니었지만
스칼렛은 좋아했다.

그리고 이제까지는 로렌이 스칼렛을 타기 위해 부탁해야
하는 입장이라면 이제는 스칼렛이 제발 나 좀 타달라고 애원
하는 입장이 되었다는 것도 소소한 변화 중 하나였다.

"그렇게 좋아?"

"너도 한번 널 등에 태우고 날아보면 알게 되겠지."

그게 무슨 개소리냐고 따질 생각도 안 들었다.

어쨌든 로렌도 부탁을 받았으니 다시 스칼렛을 타고 로렌
류 용기술을 펼쳐보았다. 혹시 같은 일이 두 번 늘어나 이번
에도 또 성장하는 게 아닐까 기대도 해보았다.

하지만 세상일이 그리 쉽게 풀리진 않았다. 스칼렛이야 여
전히 로렌을 타고 날아다니는 게 기분이 좋은 모양이었지만,
로렌의 변화는 거기까지였다. 사용했던 공력을 훨씬 빠른 속
도로 회복할 수는 있었지만, 공력의 최대치는 벽에라도 막힌
듯 더 늘어나지 않았다.

그렇다고 낙심하기엔 얻은 게 너무 많았다.

"여기서 뭘 더 바라는 게 과욕일 테지."

애초부터 우연히 얻게 된 힘이다. 더 욕심 부릴 것도 없었
다. 로렌은 그렇게 미련을 정리했다.

31장
오, 헨리!

헨리 준자작령에서의 일을 로렌이 감지한 것은 우연이었다.

스칼렛이 하도 자기 좀 타달라고 졸라대는 바람에, 로렌은 그날도 하늘로 날아올라 있었다. 비행 항로를 헨리 준자작령 방향으로 잡은 것은 그냥 우연이었고, 군대의 움직임을 발견한 것도 당연히 우연이었다.

헨리 준자작의 군대가 움직이는 방향은 리처드 남작령 방향이었다.

"예상대로군. 예상대로긴 하지만……."

발레리에 대공이 헨리 준자작을 충동질해 리처드 남작에게 선전포고를 하리라는 예상은 로렌도 이미 했었다. 헨리 준자작은 에드워드 백작과 우호 관계니 백작의 호응을 이끌어내 리처드 남작령을 칠 수 있다.

하지만 움직임이 예상보다 너무 빨랐다. 로렌은 혀를 찼다. 이 발견이 우연히 이뤄졌다는 점도 헨리 준자작의 움직임이 로렌의 예상 외로 지나치게 빠르다는 방증이었다.

'이상한데.'

하늘에서 헨리 준자작령의 군대 움직임을 관찰하고 있던 로렌은 위화감을 느꼈다.

아무리 헨리 준자작은 에드워드 백작을 끌어내기 위한 미끼에 불과하다지만 그도 최소한도의 전쟁 수행 능력은 갖춰야 한다.

하지만 그러기 위한 시간이 충분하지 않았다.

헨리 준자작이 에드워드 백작의 조카에다 백작령의 후계위를 갖고 있다고는 하지만, 지금의 준자작은 그냥 준자작일 뿐이다. 그리고 준자작령에서 단독으로 동원할 수 있는 군대가 저렇게 많을 리가 없었다.

전임 영주인 존 준자작이 리처드 남작에 의해 머리가 쪼개지는 바람에 기껏 모았던 용병들은 다 도망가 버렸고, 징집병의 비율은 애초부터 많지 않았다. 징집병이 적은데 상비병이 많을 리도 없다.

더군다나 주변의 침략자들에게 영토가 한번 유린당했던 전적도 있다. 용병을 다시 모으려고 해도 돈 나올 구석이 없었다.

　시간 면으로 봐도 자금 면으로 봐도, 그 어떤 면으로 보더라도 고작 몇 달 동안 전쟁 수행이 가능한 전력을 끌어모을 수 있을 리 없었다.

　그런데 지상에서 움직이고 있는 헨리 준자작의 군대는 그 규모가 너무 컸다.

　로렌은 위험을 무릅쓰고 고도를 낮췄다. 명률법으로 모습은 숨길 수 있어도 드래곤의 거체가 허공을 가르는 여파마저 지울 수는 없기에 꽤 모험수였다.

　위험을 감수한 보람은 있었다. 로렌이 대경실색할 만한 정보가 거기에 있었다.

　움직이는 군대의 병종이 상상을 초월했다. 기사단장이 이끄는 기사단에 마법사대까지 있었다. 도저히 일개 준자작이 거느릴 수 있는 군대라고는 믿기 어려운 구성이었다.

　"이런 쌍!"

　로렌은 욕설을 내뱉었다. 일이 어떻게 된 건지는 쉽게 파악할 수 있었다.

　다른 영주에게 저 정도 규모의 군대, 특히나 기사단과 마법사대를 빌려줄 수 있는 영주는 이 변경 지역에서 단 한 명뿐이었으니까.

발레리에 대공이 직접 개입한 것이다.

         *   *   *

군대의 움직임으로 볼 때, 로렌에게 주어진 여유 시간은 아무리 길어도 일주일 정도였다. 그 안에 로렌은 모든 사전 작업을 마쳐야 했다.

로렌이 가장 먼저 찾아가야 할 사람은 리처드 남작이었다. 전쟁을 대비시켜야 하니 당연한 일이다.

"로렌! 아니, 로렌 맞나? 벌써 세월이 이렇게 지났나? 엄청나게 컸군!"

남작은 바뀌어 버린 로렌의 모습을 보고 놀랐지만 그가 들라야 할 건 다른 안건이었다.

"기사단에 마법사대라고?"

"예. 헨리 준자작 혼자 준비할 수 있는 수준의 군사력이 아니었습니다."

고작 기사단과 마법사대 정도로 리처드 남작을 막을 수 없다는 건 역사가 증명한다. 발레리에 대공군의 본대를 상대로도 돌진해서 발레리에 대공의 머리를 쪼개놓은 게 바로 남작이니까.

하지만 막을 수 없는 건 리처드 남작 단 한 사람 정도다.

남작이 돌격해 헨리 준자작의 머리를 부숴놓는다 한들, 존 준자작의 용병대와 달리 기사단과 마법사대는 움직임을 멈추지 않을 것이다. 그들은 헨리 준자작의 생사와 관계없이 그저 배후의 발레리에 대공이 명하는 대로 움직일 테니.

그런 의미에서는 영 상성이 좋지 않았다.

"…어쨌든 기습을 당하는 건 피해야 하니, 맞아 싸울 준비를 하십시오."

로렌도 달리 계책을 말해줄 수 없었다. 어디서 차분히 앉아 대책을 생각해 보고 싶었지만, 준비할 시간도 부족할뿐더러 상황이 너무 급박했다.

"저는 에드워드 백작에게 가보겠습니다."

"괜찮겠어? 에드워드 백작은……."

헨리 준자작의 삼촌이다. 그런 건 알고 있다.

"괜찮게 만들어야 합니다."

로렌은 무례하게도 리처드 남작의 말을 끊고 말했다. 예의를 따지고 있을 상황은 아니었다.

"그래. …행운을 비네."

그것이 지금 리처드 남작이 생각해 낼 수 있는 최선의 인사말이었으리라. 로렌은 고개를 한 번 끄덕이고 바로 에드워드 백작령으로 향했다.

"내가 무엇을 해줄 수 있겠는가?"

로렌에게서 자초지종을 들은 에드워드 백작은 그렇게 말했다. 상정했던 경우의 수 중 최악의 반응은 아니었다. 로렌에게는 다행한 일이었다.

"그저 참전을 조금만 미뤄주시면 됩니다."

"그 정도로 괜찮겠는가?"

"저희가 그 이상을 바라서는 안 됩니다."

자신들 편에 동맹으로 참여해 조카를 상대로 목숨 걸고 싸워달라는 부탁을 할 수 있을 리가 없었다. 해서도 안 됐고. 우호 관계에 있는 혈족을 배신하라니, 에드워드 백작더러 외교적 자살을 하라는 요청이나 다름없다.

"알았네… 한 달 정도면 되겠는가?"

"충분합니다."

발레리에 대공의 철퇴가 되어버린 헨리 준자작은 리처드 남작과 라핀젤 자작 동맹군을 무너뜨린 후, 다음 목표로 에드워드 백작을 노릴 가능성이 컸다. 헨리 준자작의 의지는 상관없다. 발레리에 대공의 꼭두각시가 되어버린 그는 대공의 의도대로 움직일 테니까.

에드워드 백작의 당혹해하는 반응을 미루어볼 때, 백작도 이 정도는 알고 있으리라. 몰랐다면 말해줘야 했겠지만, 그럴 필요가 없어서 다행이었다.

"이런 말 하긴 좀 그렇네만… 내 조카를 잘 부탁하네."

"알겠습니다."

로렌은 딱딱하게 대답하고 백작령에서 물러났다.

*　　　*　　　*

지금 당장 해야 할 일은 마쳤지만 상황이 막막한 건 별로 바뀌지 않았다.

에드워드 백작에게 한 달이라는 시간을 받기는 했지만, 그리고 그건 백작이 꽤나 양보한 것이지만 그래도 상황을 호전시키는 변수는 아니었다.

어쨌든 에드워드 백작은 한 달 후엔 이 전쟁에 개입할 수밖에 없는 입장이다. 그 또한 전쟁에 개입하길 원하는 눈치는 아니었으나 불가항력이다. 혈연으로 이어진 조카가 전쟁 중인데 그냥 가만히 있을 수는 없으니까.

그리고 이 한 달이라는 기간은 언제든 줄어들 수 있다.

만약 헨리 준자작이 패퇴한다면 그를 지키기 위해 개입해야 하니까. 조카가 죽어가는데 그냥 두고 볼 삼촌이 있을까?

현실에는 많을지 모르지만 명분상으로는 그렇지 않다. 그런 상황이 닥친다면 에드워드 백작은 정치적인 이유 때문에 개입을 할 수밖에 없게 된다.

"발레리에 대공, 역시 만만치 않군."

로렌은 한숨을 내쉬었다.

발레리에 대공에 의한 직접적인 군사 개입은 없을 거라 봤고, 실제로 그러했다. 하지만 헨리 준자작에게 군대를 빌려주는 방식으로 개입해 올 줄은 몰랐다.

상상은 가능했지만 실제로 가능한 수라고는 보지 않았다. 자국의 군대를 외국에 빌려주는 건 금기에 가깝다. 지구에서는 프랑스가 이런 식으로 무리하다 망해서 대혁명까지 당했다.

그런데 이 금기를 아무렇지도 않게 범하다니.

"엄청나게 여유가 있거나, 엄청나게 쪼잔하거나."

아마 둘 모두일 것이다.

손해를 약간 보고 무리를 좀 해서라도 건방진 리처드 남작을 처벌해야겠다는 발레리에 대공의 의지가 묻어나는 한 수였다. 덤으로 에드워드 백작도 골탕 먹이고, 라푼젤 자작에게도 지대한 피해를 입힐 수 있다.

하나하나 따져보니 발레리에 대공 입장에서는 한번 써볼 법한 수이긴 했다. 실질적인 이득은 없지만 자기 말 안 듣는 군소 영주들을 물 먹이는 방법으로써는 제격이니까.

엄청나게 쪼잔하다는 소리가 이래서 나오는 것이다.

"어쨌든 계책을 또 짜내봐야겠군."

로렌은 한숨을 내쉬었다. 시간은 아직 조금 남아 있다. 방법이 없진 않을 것이다.

         *   *   *

헨리 준자작은 착잡한 심경으로 언덕 아래를 내려다보고 있었다. 언덕 아래에서는 군대가 움직이고 있었다. 대외적으로는 헨리 준자작의 군대로 알려지겠지만, 실제로는 준자작의 지휘를 받지 않는 군대다.

헨리 준자작도 경우가 없는 사람은 아니었다. 자신의 지휘도 받지 않는 군대를 거느리고 기고만장해질 수는 없었다.

양아버지라고는 하지만 아버지인 존 준자작의 복수를 대행해 주겠다는 발레리에 대공의 제안을 받아들인 게 지금 생각하면 화근이었다. 앞뒤 재지 않고 일단 받긴 했는데, 아무래도 잘못 선택한 것 같았다.

헨리 준자작은 자신이 리처드 남작에게 전쟁을 걸면 일어날 일에 대해 생각을 못 하고 있었다. 그 무서운 리처드 남작이 가장 먼저 머리를 깨러 올 대상은 바로 자신이라는 점을 간과하고 있었다.

언덕 아래의 군대는 자신의 지휘를 받지 않으므로 자신을 지켜주지도 않으리라. 그 정도는 헨리 준자작도 깨닫고 있었다. 문제는 이 모든 깨달음이 너무 늦었다는 점이었다.

"전쟁이 시작되면 나는 죽겠지."

이제 와서 무르기엔 너무 늦었다. 사형선고를 받은 죄수와 같은 심정으로, 헨리 준자작은 긴 한숨을 토해내었다.

* * *

로렌이 그 기책을 짜낸 것은 이틀 밤을 꼬박 새고 난 후의 일이었다.

아리스토텔레스는 아니지만 유레카! 유레카! 라고 외치며 알몸으로 거리를 뛰어다니고 싶은 심정이었다. 실제로 그러지는 않았지만 말이다.

떠올렸을 당시에는 그 정도로 참 좋은 계책이라 생각했는데 흥분이 식고 세수를 하고 나니 계책이 아니라 기책이었다.

상책은 아니고 기껏해야 중책 정도일까. 어쩌면 하책일지도 모른다.

그럼에도 불구하고 로렌은 달리 쓸 수 있는 책략을 생각해낼 수 없었다. 시간은 없었다. 내일이라도, 혹은 오늘이라도 헨리 준자작이 리처드 남작에게 선전포고를 할지도 모른다.
그리고 떠올린 기책은 선전포고를 한 이후에는 쓸 수 없다.

그러니 지금 당장에라도 실행해야 했다.

"…에잇!"

로렌은 자리에서 벌떡 일어났다.

이 기책이 어떤 결과를 낳을지에 대해서는 아직 경우의 수
를 전부 떠올리지 못했고, 그렇기에 이후의 대책도 전혀 세워
지지 않은 상태였다.

그러나 어쨌든 아무것도 안 하는 것보다는 나았다.

그렇게 생각했기에, 로렌은 저지르기로 했다.

＊　　　　＊　　　　＊

"그래서 이렇게 된 건가."

에드워드 백작은 황당하다는 듯 로렌을 바라보고 있었다.

"네, 그래서 이렇게 된 겁니다."

로렌은 머쓱하니 뒷머리를 긁었다.

"읍! 으읍!!"

로렌과 에드워드 백작의 사이에는 한 남자가 재갈이 물린
채 묶여 있었다. 혀를 끌끌 찬 에드워드 백작은 남자의 재갈
을 풀어주었다.

"사, 삼촌!"

남자는 그렇게 외쳤다. 남자의 정체는 다음과 같았다.

헨리 준자작이었다.

"어떻게 된 겁니까, 삼촌! 삼촌께서 절 납치하시다니요!!"

재갈에서 자유로워지자, 헨리 준자작은 곧장 격앙된 목소리로 자신의 삼촌을 비토했다.

"어쩔 수 없었어. 그대로 두면 네가 리처드 남작한테 죽게 될 텐데. 그냥 내버려 둘 수 있을 리 없지 않겠느냐."

"…그건 맞는 말씀입니다."

흥분했던 헨리 준자작은 곧바로 인정해 버렸다. 본인도 본인의 운명을 잘 알고 있었던 모양이었다. 그건 다행한 일이었다.

로렌의 기책은 이러했다.

에드워드 백작은 리처드 남작령을 침략하려는 헨리 준자작의 의도를 미리 알아채고, 그걸 말리기 위해 마법사 디셈버에게 준자작의 납치를 의뢰했다.

그런 걸로 해둔다.

그리고 실제로 헨리 준자작은 납치되었다.

상황이 이렇게 되면 헨리 준자작령의 모든 공무가 일단 멈춘다. 당연히 리처드 남작에의 선전포고도 할 수 없게 된다.

발레리에 대공은 헨리 준자작령에 파견한 군사의 명령권을 갖고 있지만, 직접 움직일 명분이 없기에 자신의 이름으로 전쟁을 시작할 수는 없다. 리처드 남작에게 '원한'이 있는 건 헨리 준자작이지 발레리에 대공이 아니기 때문이다.

다소 즉흥적으로 이뤄진 기책이지만 당장 효과는 얻을 수 있다. 일단 시간은 벌었으니까! 나중 일은 지금부터 생각하면 된다.

"하지만 큰일입니다. 저야 삼촌께 납치되었다고 변명하면 될 일이지만, 이대로라면 삼촌께서 발레리에 대공의 분노를 사게 될 겁니다."

"내 걱정은 하지 마라, 헨리."

에드워드 백작은 초연하게 웃었다.

"그건 이미 많이 사뒀다."

"네?"

에드워드 백작은 자초지종을 헨리 준자작에게 말해주었다. 물론 리처드 남작과의 비밀 동맹이나 로렌의 정체 같은 기밀 사항은 다 숨겼다. 이야기를 다 들은 헨리 준자작은 황망한 목소리로 말했다.

"어쩌려고 그러셨습니까?"

"이미 일어난 일이야. 가타부타 말할 것 없다."

에드워드 백작은 조카의 걱정을 단호하게 잘라 버렸다.

"로렌, 헨리를 잡아올 때 어떻게 했는가?"

"최대한 소란스럽게 행동했습니다. 제가 헨리 준자작님을 데리고 에드워드 백작령으로 들어오는 것을 최소 일백 명의 병사는 보았을 겁니다. 소문은 쉽게 퍼지겠지요."

"잘했군. 혹시나 비밀리에 납치해 왔을까 걱정했는데."

발레리에 대공이라면 헨리 준자작의 대리인을 내세워 계획했던 대로 선전포고를 할 가능성이 높았기 때문에 그런 편법을 쓰지 못하게 하기 위해서 위험을 부담하고서라도 눈에 띄게 움직일 필요가 있었다.

"절 잡아온 놈한테 이런 소릴 하는 건 좀 배알 꼴리는 이야기지만, 실력은 좋더군요."

헨리 준자작은 로렌을 노려보면서 말했다. 로렌이 그를 납치해 오면서 제압은 했지만 소리를 지르게 만들기 위해 기절은 시키지 않았다. 그래서 헨리 준자작도 로렌이 뭘 어떻게 하는지는 다 본 상태였다.

"무례를 저지른 것에 대해 다시 한 번 사죄드립니다, 헨리 준자작님."

"됐네. 이미 사죄는 많이 받았고, 무엇보다 그 덕에 목숨을 구했으니. 내 표정이 안 좋은 건 내 졸렬함 탓이니 신경 쓰지 말게."

그 말을 들은 로렌은 자신이 헨리 준자작이라는 인물에 대해 오해를 품지 않았나 의심했다. 자신의 졸렬함을 인정하는 것은 쉬운 일이 아니다. 그것도 자신보다 아랫사람 앞에서!

'이것 또한 기록의 폐해인가.'

전국 6걸 중 4걸이 배신했고 헨리 준자작이 그 4걸 중 하나라는 이유로, 로렌이 그를 색안경을 끼고 본 것도 맞았다. 로렌은 내색하지는 않았지만 혼자 나름 반성했다.

'그렇다고 이게 헨리 준자작을 신뢰해야 할 이유가 되지는 못하지.'

그냥 신뢰하지 않아야 할 이유가 하나 줄어든 것뿐이다. 딱 그 정도의 일이었다.

"일단 저는 여기서 실례하겠습니다."

"그를 찾아갈 셈인가?"

누굴 만나러 갈 건지 이름을 대지 않고 굳이 대명사를 사용한 까닭은 헨리 준자작에게 있으리라. 그러므로 '그'라는 대명사가 누굴 가리키는지는 명백했다. 리처드 남작이었다.

"예, 한번 들러볼 생각입니다."

"그래, 그럼 들어가게."

로렌은 에드워드 백작 앞에서 물러났다.

*　　　　　*　　　　　*

로렌이 한 일을 들은 리처드 남작은 유쾌한 듯 껄껄 웃었다.

"꽤 괜찮은 기책을 썼군."

리처드 남작에겐 로렌의 책략이 꽤 괜찮아 보인 모양이었
다. 로렌 본인이야 달리 떠오르는 생각이 없어 어거지로 실행
한 작전이라 남작의 말에 전면적으로 동의할 수는 없었지만
어쨌든 고개는 끄덕였다.

"이로써 시간은 벌었습니다. 하지만 번 건 시간뿐입니다."

"그래. 발레리에 대공의 군대로 여겨지는 기사단과 마법사
대는 아직 헨리 준자작령에 머무르고 있겠지. 그리고 대공은
이 군대를 언제든 움직일 수 있어. 어떻게 움직일지는 모르겠
지만 말이야."

그건 로렌도 모른다. 돌아가는 길에 다시 한 번 하늘에서
군대의 움직임을 관찰해 볼 생각이기는 했지만, 그런다고 뭔
가 알 수 있을 것이라는 기대는 딱히 크게 갖고 있지는 않았
다.

"그럼에도 불구하고 한시름 놓은 것에는 변함이 없지."

리처드 남작은 웃는 낯으로 말했다.

"모르는 건 모르는 거니 생각해 봐야 도리가 없지. 그보단
시간을 벌었으니, 그 여유 동안 다른 이야기를 조금 해보도록
하지."

"다른 이야기 말입니까?"

"그래, 네 몸."

로렌의 어깨를 두 번 툭툭 치며, 리처드 남작은 흥미롭다는 듯 로렌을 내려다보았다. 10대 중반으로 보였던 소년이 며칠 보지 못한 새 10대 후반의 외견이 되었다. 더 중요한 일이 있었으니 그냥 넘어갔었지만 본래는 그냥 보아 넘길 일은 아니었다.

"대체 어떻게 그렇게 된 거지?"

"리처드 남작님께서 공력을 넘겨주셨기 때문 아닙니까?"

로렌은 그렇게 시치미를 뗐다. 드래곤을 타다 보니 이렇게 됐다고는 할 수 없는 노릇이니 말이다. 더군다나 '어째서 이렇게 된 것이냐'에 질문에 대해서는 로렌도 적절한 답을 모르는 상태였다.

"아니야. 그냥 체내의 공력이 늘어난 것만으로 사람이 이렇게 변하진 않아."

그건 그렇긴 할 것이다.

"나도 내 종자들에게 무리가 되지 않는 선에서 공력을 넘겨줘 본 일이 있다. 하지만 다들 그 공력을 낭비할 줄만 알았지, 자신의 수준을 높여온 이는 드물어."

로렌도 애초에 리처드 남작이 자신에게만 공력을 주었다고 는 생각하지 않았다. 로렌이 놀라워한 건 그 다음에 이어진 말이었다.

"그리고 너는 그 드문 예에 속한다, 로렌. 실로 드문 예지.

넘겨준 공력의 두 배를 벌어오다니. 너 같은 놈은 처음 봤다."

바투르크도 로렌을 보고 힘을 다룰 줄 안다는 평가를 남긴
적이 있는데, 리처드 남작의 평가는 그보다도 극찬이었다.

"놀라서 또 공력을 줘봤더니 더 많은 공력을 남겨오는 것도
모자라서 며칠 만에 이렇게 훅 크다니. 진짜 신기한 놈일세."

"남작께서도 제 몸에 무슨 일이 일어난 건지 모르시는 겁니
까?"

로렌은 약간 불안해져 그렇게 물었다. 그랬더니 남작은 눈
을 한번 크게 뜨더니 곧 껄껄 웃으며 말했다.

"뭘 그렇게 불안해하냐! 네게 일어난 일은 기사들이 일평생
한 번만이라도 자신에게 일어나길 바라는 일이다!!"

"그렇습니까?"

"그래. 눈치를 보니 바투르크에게서 설명을 듣지 못한 모양
이로군."

로렌도 자신의 몸에 일어난 이 불가해한 현상에 대해 바투
르크나 구유카르크에게 보여주고 상담을 받아봐야겠다는 생
각은 했었다.

하지만 그 전에 헨리 준자작령의 상공에서 발레리에 대공의
군대를 발견하는 바람에 그럴 틈이 없었다. 그래서 이런 이야
기를 리처드 남작의 입에서 듣게 된 것이었다.

기사한테 일어나는 정상적인 현상이라면 확실히 불안해할

일이 없었다. 로렌의 표정에 명백한 안도감이 묻어나자 남작은 유쾌해했다.

"그럼! 기뻐해야 할 일이지, 불안해할 일이 아니다. 나도 두 번 정도 겪은 일이야."

"두 번이나 말입니까?"

"일반적인 기사들에게는 한 번도 일어나지 않는 일이지. 나니까 두 번인 거야."

리처드 남작의 자랑스러워하는 기색에 로렌도 그제야 좀 기뻐하는 기색으로 반응했다.

"이런 현상을 보통 뭐라고 부릅니까?"

"보통은 일어나지 않는 일이니, 뭐라고 부르냐는 질문은 좀 이상하군. 어쨌든 이 현상에 대해 아는 자들은 탈각의 경지라고 부른다."

탈각의 경지. 로렌은 그 단어를 몇 번 되뇌며 의미를 곱씹었다.

"탈각의 경지… 허물을 벗는다는 의미로군요."

"실제로 허물 같은 걸 벗지는 않지만, 이 경지에 오르면 갑자기 몸이 커지거나 반대로 젊어지거나 하니까. 매미나 뱀이 허물 벗은 후 같다고 해서 탈각이라고 명칭을 붙인 것 같더군."

로렌은 몸이 커진 경우에 속한다. 그가 납득한 표정이자, 리처드 남작은 편안한 기색으로 말을 이었다.

"탈각의 경지에 오를 정로라면 네게도 이심(二心)이 생겼겠
군."

"이심은 또 뭡니까?"

"지금 네 심장 앞에 자리 잡은 그거 말이야. 피 대신 공력
을 모아들이고, 마음만 먹으면 그 공력을 전신으로 보낼 수
있으니 또 다른 심장과 같다고 해서 이심이라는 이름이 붙었
어."

로렌의 명치에 생긴, 공력이 모여드는 부위를 말하는 것 같
았다.

설명을 한 후, 리처드 남작은 혀를 끌끌 찼다.

"동맹군에 기사를 한 명 만들어준다고 한 게 기사단장을
하나 만들어줘 버리다니. 세상 참 모를 일이로군."

"기사단장이라면 모두 이심을 갖고 있는 겁니까?"

로렌은 잠깐 놀라 그렇게 질문했다. 리처드 남작은 아무렇
지도 않게 고개를 끄덕였다.

"그렇다. 이심의 경지에 이르지 못하면 기사단장을 자칭할
수 없지. 다른 기사를 이끄는 자니 명확하게 더 높은 경지에
올라 있어야 할 필요가 있지 않겠나? 그 경지가 바로 이심의
경지다."

하긴 주군에게 충성을 바치는 기사라 한들, 본질적으로는

힘을 숭앙하는 기질이 있다. 그리고 그 힘의 증명이 이심의 경지라는 건 납득이 간다.

"이심의 경지에 오르는 자는 많다. 개인차야 있지만 그냥 공력을 많이 모으기만 하면 언젠가는 도달할 수 있는 경지니 굉장히 보기 드문 경지는 아니지. 뭐, 그렇다곤 해도 이 변경 지역에서는 충분히 드물기는 하지만."

이 변경 지역에서는 기사단장을 거느린 영주 자체가 드물 다는 것을 생각하면 확실히 어디서나 볼 수 있는 건 아니리 라. 기껏해야 에드워드 백작 정도였다. 리처드 남작은 본인이 기사단장을 초월하는 무력을 쥐고 있지만, 기사단장을 거느리 고 있는 것으로 보이지는 않고.

그러고 보니 클레멘스 자작도 기사단장을 거느렸던 적이 있 지만 그 기사단장은 바투르크가 죽여 버렸다.

'아, 바투르크도 이심의 경지에는 올랐겠군.'

로렌의 생각을 꿰뚫어 본 것인지, 리처드 남작은 고개를 끄 덕였다.

"그래, 바투르크도 이심의 경지에는 올랐다. 그러니까 원래 대로라면 이 모든 설명은 그놈이 했어야 하는 거지. 네 영지에 서도 얻을 수 있는 정보니, 이 문답으로 내게 빚을 졌다고 생 각할 필요는 없다."

"감사합니다."

"그러니까 빚을 졌다고 생각할 필요는 없다니까. 그것보다 난 신기한 걸 봐서 기분이 좋아."

신기한 것?

로렌이 그 표현에 의아해하자, 리처드 남작은 곧 그의 호기심을 풀어주었다.

"탈각의 경지에 오른 자는 더욱 드물다. 희소하다는 표현이 더 낫겠군. 보통은 이심의 경지에 오를 정도로 수련을 하고, 이심을 깰 정도로 공력을 잔뜩 모아들인 후에나 탈각의 경지에 이르게 된다. 이 과정에서 죽어나가는 놈들도 많고."

로렌은 그 설명을 듣고 자기도 모르는 새 죽을 위기를 넘겼다는 사실에 전율했다. 그 자신이 탈각의 경지에 이를 때 몸의 혈관이 다 터지고 근육이 찢어지는 것 같다고 생각했었는데, 그게 착각만은 아니었을 수도 있었다는 소리였다.

거기서 공력의 제어에 실패했다면 아마 로렌도 죽었으리라. 그리고 아마도 스칼렛도 같이.

'다 만약의 일이지.'

일어나지도 않은 일을 두려워할 필요는 없다. 로렌은 머리를 흔들어 잡념을 내쫓고는 새로운 정보를 정리했다.

"그러니까 보통은 이심의 경지에 오르고, 그 다음에 탈각의 경지에 오른다는 거로군요."

로렌의 경우는 다르다. 그는 먼저 탈각의 경지에 오른 후 이심이 존재한다는 걸 알았다.

드래곤을 타고 용기술을 쓴다는, 다른 이들은 좀처럼 시도하지 못할 색다른 경험 덕에 일반적인 방법으로는 얻을 수 없는 거력을 얻은 탓인 듯했다. 그 거력이 이심 없이도 로렌의 몸을 탈각에 이르게 했고, 그 뒤에나 이심이 생기게 된 것이리라.

"그래. 그런데 넌 이심의 경지와 탈각의 경지를 시간차도 없이 단번에 밟고 올라섰지. 너 같은 경우는 희소하다는 표현도 안 어울려. 그냥 유일하다고 표현해도 되겠군."

이야기를 들어보니 확실히 '신기한 것'이라는 표현은 별로 과장도 아니었다.

'사실 진짜 '신기한 것'은 스칼렛이지만.'

아무리 동맹이라 한들 스칼렛의 정체를 밝힐 수는 없으니, 로렌은 그냥 조용히 입을 다문 채 있어야 했다.

"어떻게 그 경지에 오르게 되었는지, 혹시 짚이는 구석은 없나?"

그런데 리처드 남작은 곧장 그 질문을 던져왔다. 당연한 질문이기도 했다. 로렌은 어떻게 대답해야 하나 잠시 고민했다. 스칼렛에 대해 밝힐 수는 없으니 다른 답을 해야 했다. 로렌은 곧 결론에 도달했다.

"저는 여러 기사도 류파의 기술을 배우고 활용해도 별문제가 생기지 않는 특이체질입니다. 그래서 바투르크 경의 리히텐베르크류 기사도뿐만 아니라, 구유카르크 경에게서 라부아지에류 기사도도 배워서 수련 중입니다. 아마도 이게 원인이 아닐까 생각합니다만……."

"기사도 류파를 혼합해서 배워도 부작용이 없다고?"

로렌의 답을 들은 리처드 남작은 믿기지 않는지 그렇게 되물었다.

"아직까지는 그렇습니다."

"아직까지는… 그런가."

리처드 남작은 자신의 수염을 벅벅 긁었다.

"흥미롭군. 신기해."

그러다 문득 재밌는 걸 떠올렸다는 듯, 씨익 웃었다.

"로렌."

"네, 남작님."

"혹시 내 기사도도 배워볼 생각 없나?"

"예? 하지만 남작님의 기사도는……."

리처드 남작이 본인의 입으로 말한 적이 있다. 자신의 기사도는 다른 사람이 따라 하지 못할 정도로 기괴하다는 소리를 말이다.

"그런 소릴 한 적도 있었지. 하지만 너라면 가능할 수도 있어. 어때? 너만 생각이 있다면 내 기사도를 배울 생각 없나?"

"…지금은 곤란합니다만……."

"당연히 지금은 곤란하지. 하지만 흥미는 돋는 모양이로군. 좋아, 좋아."

리처드 남작이 유쾌한 듯 웃었다.

"이번 사건이 정리되면 내 아보가르도류 기사도를 배우러 와라. 이거 익히다가 죽은 사람이 많지만, 너라면 괜찮을 거야."

"죽은 사람?! …말입니까?"

로렌이 놀라 외치자, 리처드 남작은 크게 신경 쓸 거리도 아니라는 것처럼 반응했다.

"너라면 괜찮을 거라니까? 기껏해야 이심이 파괴되어 다시는 공력을 모을 수 없는 몸이 되는 게 전부겠지. 이것도 최악의 경우일 테니 너무 걱정하지 마라."

리처드 남작의 말은 꽤나 무책임했지만 로렌에게는 또 매력적으로 들리는 게 문제였다.

이토록 괴물인 리처드 남작의 기사도다. 이걸 배우면 리처드만큼 강해질 수도 있는 게 아닐까 생각하고도 흥미가 생기지 않는 쪽이 오히려 이상하다.

더군다나 만약 이심을 잃고 공력을 못 모으게 되더라도 로렌에게는 마법이 있다. 적어도 다른 사람보다는 리스크가 적은 셈이다.

"고민할 시간은 많으니 나중으로 미뤄놔. 생각은 해보고."

하긴 지금 당장 결정을 내릴 필요는 없는 일이었다. 로렌은 고개를 끄덕였다.

32장
리히텐베르크류 I

로렌은 외교적인 일이나 공무에 대해서 라핀젤과 일이 생길 때마다 상담하고 있었다. 모건 르 페이라는 연락 수단이 없었더라면 불가능한 방법이었다.

　라핀젤이야 로렌더러 모건 르 페이가 있어서 자길 자주 만나러 오지 않는다고 투덜거렸지만 아마 진심은 아닐 것이다.

　어쨌든 이번 기책의 결과까지 상담을 마친 로렌은 집무실로 바로 돌아가지는 않고 바투르크에게 들러보기로 했다. 그가 이심의 경지에 올랐다는 리처드 남작의 말이 마음에 걸렸기 때문이었다.

바투르크는 갑자기 바뀐 로렌의 모습에 꽤 많이 놀랐지만 자초지종과 함께 리처드 남작에게서 들은 이야기를 하자 곧 납득한 듯 고개를 끄덕였다.

그러면서 의외의 이야기를 들려주었다.

"나도 탈각의 경지에는 오른 적이 있다."

"예?!"

로렌이 놀라 자리에서마저 벌떡 일어나자 바투르크는 오크의 어금니를 드러내어 보이며 씨익 웃었다.

"내 나이는 오크로서 이미 노년이다. 탈각의 경지에 올라 조금이라도 젊어지지 않았더라면 진작 은퇴를 했어야 할 나이이기도 하다."

확실히 그건 그렇다.

성취가 느린 리히텐베르크류 기사도를 수학하여 기사가 되기까지의 세월, 여기에 발레리에 대공의 밑으로 들어가 기사단장의 직에 오르고, 그 자리에서 잘려 다시 라펜젤에게 충성을 맹세하기까지의 세월을 생각하면 아무리 적게 잡아도 20년은 된다.

오크의 수명을 생각해 볼 때, 바투르크의 말대로 그는 이미 노인이어야 했다. 그런데 지금의 바투르크는 별로 노인으로 보이지는 않았다. 이게 무슨 뜻이겠는가?

바투르크 또한 탈각의 경지에 다다랐다는 결론밖에 나오지 않았다.

"하지만 리처드 남작… 그 양반은 정말 괴물이다. 그 젊은 나이에 벌써 탈각을 두 번이나 했다니……. 망나니에다 괴물이기까지 하니 정말 인생에 단 한 번이라도 만나기 싫은 인물이다. 그런 인물을 비서관으로서 직접 상대해야 하는 그대에게 동정심마저 느낀다."

바투르크는 그렇게 말하며 혀를 내둘렀다.

"하긴 생각해 보면 그대가 더 괴물이기는 하다. 리처드 남작에게서 30년 분량의 공력을 받았다고는 하지만 이심의 경지와 탈각의 경지에 벌써 오르다니. 잘하면 리처드 남작 이상의 괴물이 될지도 모르겠다."

"벌써 벽에 부딪히기는 했습니다만."

로렌은 더 이상 공력이 성장하지 않는다는 이야기도 했다. 그 이야기를 들은 바투르크는 혀를 챘다.

"그대는 배부른 소릴 하고 있다. 보통 기사라면 벌써 두 번은 부딪힌 벽이었다. 이심의 경지와 탈각의 경지가 그것이다. 지금 그대가 부딪힌 벽은 내 생각에는 아마도 두 번째 탈각의 경지일 것이다. 괴물, 괴물 했지만 그대는 진짜 괴물이었다."

사람을 괴물 취급하다니. 그런 생각에 기분이 나빠지지는 않았다. 이것도 다 비틀어진 의미의 칭찬이니까. 그리고 로렌 하트로서 대마법사였을 때 자주 들은 이야기이기도 했다.

바투르크는 고개를 절레절레 저으며 경고했다.

"구유카르크에게 가서 그런 말을 해서는 안 될 것이다. 그는 아직 탈각의 경지에 이르지 못하고 벽에 부딪혔으니… 그대로 경지를 깨지 못하고 무너지면 그는 늙어 죽을 것이다."

그건 목숨이 달린 문제 아닌가! 로렌은 섣불리 구유카르크에게 먼저 가지 않고 바투르크에게 온 자신의 판단을 자화자찬했다.

마법사들의 사회가 좀 더 질투와 견제가 심하긴 하지만, 기사라고 그런 게 아예 없을 수는 없다. 뛰어난 자에 대한 질시는 인류의 본질이나 다름없고, 기사도 인간이다. 로렌은 그걸 과소평가하는 경향이 있었는데 새삼 그걸 깨닫게 된 것이다.

그나마 리처드 남작과 바투르크가 로렌보다 아직은 더 높은 수준의 기사이기에 그런 감정을 제어하는 데 능하지만, 구유카르크나 더 낮은 수준의 기사들은 어떻게 반응할지 모를 일이다.

'앞으로 주의 좀 해야겠군.'

로렌은 자신이 탈각의 경지에 올랐음을 숨길 수 없다. 며칠 사이에 갑자기 이렇게 커버렸다. 외견적으로 크게 달라졌는데 어떻게 숨기겠는가. 태도라도 조금 겸손하게 가져야겠다고 마음을 먹었다.

"구유카르크에게는 내가 편지를 보내겠다. 아무래도 문서로 아는 게 충격이 적을 테니⋯⋯. 리처드 남작에게서 대량의 공력을 받은 탓이라고 둘러대 두겠다. 그 전까지는 라부아지에류의 수련은 잠시 멈추는 쪽을 추천한다."

"알겠습니다. 그리하겠습니다."

바투르크가 그렇게 해주는 건 감사한 일이다. 로렌은 순순히 고개를 숙여 예를 표했다.

"좋은 기회다. 그대가 이심의 경지에 이르렀으니 나는 그대에게 응당 가르쳐야 할 리히텐베르크류 기사도 극의를 전수하겠다. 리히텐베르크류의 오의는 창술에 있으니 칼은 집어넣고 창을 잡는다."

창은 로렌이 써본 적이 없는 무기였다. 김진우나 로렌 하트도 써본 적이 없으니, 전생(全生)을 걸쳐 처음이라고 할 수 있었다.

바투르크가 로렌을 위해 마련한 창은 2m 정도로 짧았고, 재질은 나무였으나 창끝에는 철제 날이 달린 단출한 디자인이었다.

"라부아지에류 비검술을 익혔으니 기본은 되어 있다 볼 수 있겠다. 바로 시작하겠다. 창에 공력을 밀어 넣는다."

로렌은 비검술을 펼칠 때의 요령대로 창을 향해 공력을 움직이기 시작했다. 나무 봉 부분부터 채워지기 시작한 공력이 날에 이르자, 바투르크는 손을 펼쳤다.

"그만. 그 상태를 유지한다."

움직이던 공력을 바로 멈추는 것은 그리 쉬운 일은 아니었다. 라부아지에류 비검술을 활용할 때는 공력을 주입한 다음 바로 던져 버리기 때문에 멈출 일이 없었다. 로렌의 뺨을 타고 땀이 흘렀다.

"그 상태를 유지한 채로 리히텐베르크류 창술 기본형을 사용한다. 이것이 극의의 기본이 된다. 시범을 보일 테니 따라 한다."

창술 기본형의 동작들은 생각보다 단순했다. 창을 몸 안쪽 방향으로 회전시키는 것과 바깥 방향으로 회전시키는 것, 그리고 찌르기, 이 세 동작이었다. 단순하다고는 했지만 창에 공력을 주입한 채 이 동작들을 취하는 것은 쉽지 않았다.

"더 빨리!"

로렌이 간신히 따라 하자 바투르크가 그렇게 외쳤다. 로렌은 이를 악물고 창을 움직이는 속도를 더욱 빠르게 했다.

그러자 기이한 일이 일어나기 시작했다. 로렌 본인은 창에 공력을 더 밀어 넣고 있지 않음에도 불구하고, 이심에 쌓여 있던 공력이 빠르게 사라지기 시작했다.

바투르크는 이를 아는지 모르는지 계속해서 시범을 보이며 로렌을 채근하고 있었다.

"빨리, 더 빨리!"

로렌은 창을 멈추지 않았다. 어차피 이심의 공력은 조금 쉬면 다시 돌아온다. 지금은 훈련을 따라가는 것이 먼저였다.

창을 쥔 팔의 근력은 빠르게 소모되었고, 이를 보조하기 위해 로렌은 근육의 공력을 사용할 수밖에 없었다. 그렇게 써버린 근육의 공력도 다시 채워 넣기 위해 이심의 공력은 더욱 빠른 속도로 소모되었다.

"더욱더 빨리!"

바루트크의 채근은 멈추지 않았다. 그의 시범 또한 더욱더 빨라지기 시작했다. 로렌으로서는 이미 따라가기 벅찰 정도였다. 팔과 어깨뿐만 아니라 등과 허리의 근육도 뻐근해지기 시작했다. 내딛는 발과 버티는 발도 마찬가지였다.

창을 내지르는 데는 전신의 근육이 필요하다. 로렌은 의식적으로 힘을 분배하기 시작했다. 로렌의 몸은 점점 지쳐가고 공력이 바닥나는 데도 불구하고, 창에 실리는 위력은 시간이 갈수록 더해지고 있었다.

"오늘은 여기까지다."

바투르크가 그렇게 말한 건 다섯 시간이 지난 후의 일이었다. 로렌의 이심과 모든 근육에 쌓여 있던 공력을 모조리 소진되고 말았다.

물론 이심의 역할이 손상되지는 않아서, 창을 멈추고 숨을 쉬기 시작하자 다시 빠른 속도로 공력이 차오르기는 했다. 그

렇다고는 해도 후반부터는 공력의 도움을 받지 못하고 근력
만으로 창을 휘두르느라 로렌의 몸은 젖은 걸레처럼 축 늘어
졌다.

　바닥에 엎어진 채 회복 마법의 힘을 빌릴까 진지하게 고민
하고 있으려니, 바투르크가 손을 내밀며 오크식으로 웃었다.

　"저녁을 대접한다. 먹고 가라."

『전생부터 다시』 5권에 계속…

초대형 24시 만화방

신간 100%, 샤워실, 흡연실, 수면실(침대석), 커플석, 세탁기 완비

▪ 시흥 정왕25시점 ▪

경기 시흥시 정왕동 1742-13 미스터피자 건물 5층
031) 319-5629

▪ 강북 노원역점 ▪

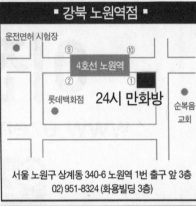

서울 노원구 상계동 340-6 노원역 1번 출구 앞 3층
02) 951-8324 (화용빌딩 3층)

▪ 일산 정발산역점 ▪

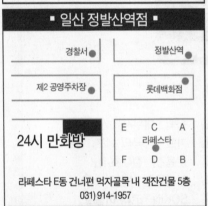

라페스타 E동 건너편 먹자골목 내 객잔건물 5층
031) 914-1957

▪ 일산 화정역점 ▪

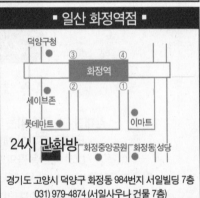

경기도 고양시 덕양구 화정동 984번지 서일빌딩 7층
031) 979-4874 (서일사우나 건물 7층)

▪ 부천 역곡역점 ▪

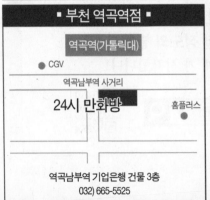

역곡남부역 기업은행 건물 3층
032) 665-5525

▪ 부평역점 ▪

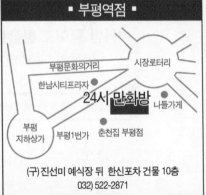

(구) 진선미 예식장 뒤 한신포차 건물 10층
032) 522-2871

탑 레시피가 보여!

FUSION FANTASTIC STORY

레오퍼드 장편소설

잔혹한 음모에 휘말려 모든 걸 잃은
칼질의 고수, 요리사 강호검.
그의 앞에 두 가지 기적이 벌어졌으니!

"내 손… 하나도 안 떨잖아……."

인생의 전성기로 되돌아온 그와
그의 앞에 나타난 기물(奇物), 요리사의 돌!

"네가 최고의 요리사가 되는 것이
이 아버지의 꿈이란다."

돌아가신 아버지와 자신의 꿈을 좇아
그가, 세계 최고의 자리로 향하기 시작한다.

Book Publishing CHUNGEORAM

유형아이아닌 자유추구
www.chungeoram.com

임영기 장편소설

FUSION FANTASTIC STORY

갓 오 브 솔 저

'종의 영역'과 '신의 질서'가 파괴되고
지구에는 무영역과 무질서의 시대가 도래했다!

8년 동안 무림에 '절대신군(絕代神君)'으로 군림한 이강도.
어느 날, 자신이 살던 현 세계로 다시 되돌아오게 되고
'졸구십팔(卒9.18)'이라는 이름을 부여받게 되는데……

신이 죽은 세계를 장악하려는 마계(魔界)와 요계(妖界),
그리고 이를 저지하려는 정계(正界)의 치열한 사투!

과연 이 전쟁은 끝이 날 수 있을 것인가.

Book Publishing CHUNGEORAM

유행이 아닌 자유추구 -
WWW.chungeoram.com